D1452624

MANUAL DE EXILIO

Velibor Čolić

MANUAL DE EXILIO

CÓMO APROBAR SU EXILIO
EN TREINTA Y CINCO LECCIONES

TRADUCCIÓN DE LAURA SALAS RODRÍGUEZ

EDITORIAL PERIFÉRICA

PRIMERA EDICIÓN: febrero de 2017
TÍTULO ORIGINAL: *Manuel d'exil.*
Comment réussir son exil en trente-cinq leçons
DISEÑO DE COLECCIÓN: Julián Rodríguez
MAQUETACIÓN: Grafime

Este texto ha gozado del apoyo
del Centro Nacional del Libro francés y
del Consejo del Departamento de Bouches-du-Rhône
en el marco de una residencia en la asociación
Peuple & Culture de Marsella.

ISBN: 978-84-16291-44-1
DEPÓSITO LEGAL: CC-49-2017
IMPRESIÓN: Kadmos
IMPRESO EN ESPAÑA – PRINTED IN SPAIN

Vida modesta y exilio, pero libertad. Techo pobre, cama pobre, comida pobre. ¡Qué importa que el cuerpo pase estrecheces mientras el espíritu esté a sus anchas!

VICTOR HUGO

Toda la desgracia de los hombres proviene de la esperanza.

ALBERT CAMUS

Tengo veintiocho años y llego a Rennes con tres palabras de francés por todo equipaje: Jean, Paul y Sartre. También llevo mi cartilla militar, cincuenta *Deutsche Mark*, un boli y una gran bolsa de deporte desgastada, color verde aceituna, de marca yugoslava. Su contenido es escaso: un manuscrito, algunos calcetines, un jabón deforme (parece una rana muerta), una foto de Emily Dickinson, una camisa y media (para mí, una camisa de manga corta sólo cuenta como media camisa), un rosario, dos postales de Zagreb (sin usar) y un cepillo de dientes. Estamos a finales del verano de 1992, pero voy vestido como para una expedición polar: dos chaquetas pasadas de moda, una bufanda larga, y en los pies las botas de ante, dadas de sí, tras sufrir diez mil mordiscos de la lluvia y el viento. Soy un caballero liviano, un viajero de rostro marcado por un frío metafísico, el último grado de la soledad, del cansancio y de la tristeza. Sin emociones, sin miedo ni vergüenza.

Suelto la bolsa ante la estación de Rennes y observo largamente mi nueva tierra.

Murmuro una queja estúpida e infantil, a sabiendas de que las palabras no pueden borrar nada, de que mi lengua ya no significa nada, de que estoy lejos, y de que ese «lejos» se ha convertido en mi patria y mi destino… Tengo la sensación de estar sumergido en un universo acuático en el que todo gesto, todo movimiento, toda palabra están ahogados en un silencio inquietante. Como un sueño del que no se despierta uno, un extraño ballet de dos mundos que no se tocan. Recojo el equipaje y bajo a la calle. Camino despacio como un paseante dominguero. Al fin y al cabo, no tengo ninguna prisa. En circunstancias menos trágicas podría haberme sentido libre como un vagabundo. Salvo que aquí ando simplemente en busca de un parque y de un banco para descansar y considerar, por fin, mi primera noche en Rennes. A mis pies, el pequeño sendero del parque es tan blanco que me da la impresión de caminar sobre plumas. En esta magnífica tarde de verano el camino está ornado por las hermosas flores blancas llamadas, a causa de su belleza, encaje de la reina Ana. Ya sentado noto que el cielo prepara una lluvia pesada como el acero. Hay pocas nubes, el firmamento sigue azul, corriente, el viento tímido, pero siento que el buen Dios me tiene reservada en la olla una ducha fría para darme la bienvenida a esta ciudad. El parque Tanneurs está en calma. A mis pies, las largas sombras de los árboles dibujan un sorprendente arabesco, similar a un cuadro apenas animado que se agita perezosamente ante mis ojos. Durante un breve instante intento dotarlas de una forma lógica. Busco al Todopoderoso allí donde debe estar: en la naturaleza, como si el Viejo Barbudo también se hubiese maravillado ante ese breve instante de calma majestuosa. Evidentemente, pienso en la muerte. Pero poco, lo menos posible. Para que me dé menos miedo, hace semanas que voy aprendiendo a vivir con una idea muy simple, muy poco filosófica: todo se detiene bruscamente y se hace el negro absoluto. La memoria queda suprimida. Me imagino la nada como un espacio sereno situado en algún lugar entre el cielo y las hojas de los plátanos, que tiemblan apenas bajo la leve brisa. Me pongo a fumar, y todo queda claro en el momento que sigue a las primeras gotas de lluvia. Ya no siento el banco, menos aún la furia o la tristeza. Caen las gotas, haciendo el mismo ruido que un ejército desfilando. Como si arrastrasen trabajosamente tras de sí las almas de los difuntos.

Dibujan rosas mojadas sobre el asfalto y forman pequeños charcos parecidos a espejos. Luego la lluvia, burlona, se pone a regatear con las latas de conserva vacías y las bolsas de plástico. Hay en ella algo lascivo, como en los ojos de las mujeres borrachas atormentadas por el insomnio. Ya no siento miedo, aunque tampoco es que esté rebosante de valor. Escucho la lluvia al cobijo de un árbol. Desengañado.

Soy soldado. Sé distinguir el olor de un cadáver humano de todos los demás olores, sé que la peor herida es la herida en el abdomen y que todos los muertos tienen el rostro sereno y cerúleo de quien se marcha. No llevo casco en las trincheras. No dejo de temblar, vomito a escondidas, le escribo epitafios a mi país y llevo una bandera bosnia en la manga de la camisa. Mis compañeros dicen: «Qué buen croata, mira, está a favor de Bosnia…». Soy soldado. Por la noche me emborracho y canto con mis compañeros bellas baladas tristes mientras sueño con convertirme en otra cosa, sea cual sea: una hormiga, un árbol, un pájaro, una serpiente. Sueño que ya no soy un hombre. En vano. Soy soldado. Tengo mi Kaláshnikov, mi cuerpo inútil, un libro de Emily Dickinson y una oración de San Agustín, copiada cuidadosamente en letras mayúsculas en mi diario de guerra.

Tengo miedo. Me hago mis ocho horas de trinchera con una abrumadora llama fría en el vientre. Disparo sobre un enemigo invisible, después vomito a escondidas y me imagino en otro lugar, donde sea. Cuanto más desesperada es mi situación más dulces son mis sueños. Sueño con la seda que ciñe y perfila los cuerpos femeninos, sueño con el cielo y el mar, con las mañanas saladas de Dubrovnik y con la nieve, con las plumas de mi infancia que decoran con generosidad nuestras colinas, cada año sin excepción, entre las dos Navidades, la católica y la ortodoxa. Sueño con trenes y lluvia, con besos y con las chicas más guapas del instituto.

Me veo simple como una piedra o un árbol en este mundo y este tiempo sin fin. Me convierto en rey de las hormigas y de las moscas, soy el comandante de las nubes: antes de ir a la trinchera, las convoco para que desfilen y les ordeno que abandonen de inmediato nuestro cielo para encontrar otro azul en algún otro sitio, más tranquilo y sensato. Soy un blanco perfecto. Los francotiradores serbios me ven regularmente la cabeza, las piernas o el torso. No sé por qué nadie me dispara. Probablemente porque es demasiado fácil. No soy un trofeo valioso, al final mi vida vale menos que una bala de fusil de las que se compran en el mercado negro.

Sé que ya no represento nada para nadie. Ni siquiera soy ya un ser humano. Soy sólo una sombra entre las sombras.

Llego a Francia tras un largo trayecto por la Europa dormida. Atravieso Croacia, Eslovenia, Austria y la Alemania reunificada. Atravieso el escandaloso silencio y la indiferencia del mundo, la noche estrellada y el rocío matinal, las pequeñas carreteras rurales y los largos ejes transversales de las autopistas reblandecidas por el calor. Levanto y perforo las cenizas del difunto telón de acero, aún bien visible en los códigos de vestuario y en la arquitectura. Lloro tras una estación de servicio en Austria, sollozo ante una pared de ladrillos, bajo un neón, al ritmo de una música que me murmura *moonlight shadow, moonlight shadow* a lo tonto, tercamente, como para recordarme una vez más que me hallo al final de mi primera vida. El comienzo de mi segunda existencia como exiliado anuncia una larga temporada de emociones clandestinas. Una temporada dura, fría y adulta.

Nada nuevo al oeste, me digo, una frontera, luego otra. Los polis y la aduana, la aduana y los polis.

Estoy sentado en un banco en Rennes. Llueve un agua tibia y bendita sobre la ciudad. Poco a poco voy tomando consciencia de que soy el refugiado. El hombre sin papeles y sin rostro, sin presente y sin porvenir. El hombre de paso pesado y cuerpo deshecho, la flor del mal, tan etérea y dispersa como el polen. Ya no tengo nombre, ya no soy ni mayor ni joven, ya no soy ni hijo ni hermano. Soy un perro mojado de olvido en una larga noche sin alba, una cicatriz pequeña en el rostro del mundo.

Soy el refugiado.

Ahora y mañana.

Aquí y en otra parte.

Bajo la lluvia o al sol, en invierno o en verano.

Ante los hombres y ante las mujeres.

Ante los sabios y los locos, junto a los árboles y las hierbas.

Tanto en la ciudad como en el campo.

Soy el refugiado.

En la tierra como en el cielo.

Desde los primeros días del exilio estoy convencido de tener cáncer de algo: cáncer de garganta o de pulmón, tumor cerebral o un absceso particularmente astuto alojado en los intestinos. No es que sea hipocondríaco de verdad, estoy segurísimo de padecer las enfermedades de mis tres artistas preferidos del día. Me paso la mañana tosiendo la tuberculosis de Modigliani; por la tarde tengo el cáncer de pulmón llamado Raymond Carver y por la noche soy alcohólico, es decir, Hemingway. Y así sucesivamente. Al día siguiente soy ciego a lo Borges, epiléptico como Dostoievski y de nuevo borrachín, como Fitzgerald. Tengo mucho donde elegir, la historia de la literatura podría pasar por un diccionario médico.

Mi manuscrito es un manuscrito de verdad, escrito a mano. A lo largo de líneas apretadas para ahorrar espacio enumero observaciones, pensamientos y palabrotas. Soy al mismo tiempo antiguerra y antipaz, humanista y nihilista, surrealista y conformista, el Hemingway de los Balcanes y probablemente el mayor poeta lírico yugoslavo de nuestra era. Sólo me queda arreglar un pequeño detalle: mis textos son mucho peores que yo mismo. Mi *Weltanschauung* es universal, y mi escritura no es más que un interminable inventario de cosas y seres que nunca veré.

En mis sueños recibo la visita frecuente de una ciudad, una mujer, y luego de otro sol. La ciudad de mis sueños es una insólita mezcla de mi ciudad natal, de Sarajevo y de Dubrovnik. La mujer es una rubia alta, lasciva y dulce, con una larga cabellera de reflejos anaranjados. El sol es una estrella pálida y afligida, como la luna de Lorca, la protectora de los gitanos, de los ladrones y los vagabundos.

El problema es el despertar. Mis despertares son siempre abrumadores. Quiero quedarme en esa geografía sureña, deseo besar a la bella escandinava, ansío pasearme por las calles conocidas y reconfortantes de mi juventud. Pero una vez traspasada la frontera entre ambos mundos me encuentro en el universo cegado, lóbrego y frío de mi habitación. Estoy triste, estoy enfadado. Sueño con convertirme en un oso que hiberna, una momia embalsamada de espejismos. Aspiro a ser uno de los siete durmientes de Éfeso, sumergido en un sueño de tres siglos. Quiero seguir siendo el eterno habitante de mis propios sueños, vivir otra vida etérea y leve, una existencia de ensueño sin dolor. Y ante todo sin exilio.

El nuevo mundo a mi alrededor es anguloso y amenazador. Lo veo como un *flipper* gigantesco. Me golpeo todo el tiempo, por donde pase: en la tibia, en la cadera, en los hombros y en la pobre cabeza. Con frecuencia hay una silla, el pico de una mesa o una puerta demasiado baja en mi camino, y me golpeo. Choco con una fuerza ciega, y sangro. Tengo la sensación de que la suma de esos pequeños dolores me confirma que sigo vivito y coleando. Me adapto mal. Mi Francia se compone de un espacio reducido y de objetos maléficos. Soy un elefante en un universo de porcelana poblado de gente educada y ágil que se desplaza con una comodidad asombrosa entre sus trampas.

Increíble, suspiro, cómo conseguirán poner tantos objetos en tan poco espacio. Todavía peores que nosotros los bosnios. Nosotros sólo intentamos construir tres países grandes en el interior de uno pequeño.

Durante unos quince días me hago católico practicante. Merodeo por la catedral de Saint-Pierre de Rennes y me gasto las últimas monedas en velas. Cada día enciendo una por Santa Rita, patrona de las causas perdidas, por Miles Davis, príncipe de los ángeles, y por San Cristóbal, que protege a los viajeros. Por San Francisco de Asís, el que hablaba con los pájaros; por San Antonio de Padua, al que invocamos para encontrar lo que se ha perdido, y a veces por nuestros queridos muertos. Pero lo dejo rápido. Como muchos pobres, soy un gran fumador. Empiezo a usar el dinero de las velas para comprarme cigarrillos.

¿Y si, en lugar de una vela, encendiera un cigarrillo?, me digo. Los santos y las santas lo entenderían, seguro. Estamos en guerra.

Las misas de domingo son una desilusión. La veneración del altar, la lectura de los salmos, el sermón del cura –todo es demasiado complicado, todo está demasiado codificado...–. No me sé ninguna oración. Bueno, para ser sinceros, me sé el principio del Padre Nuestro y del Ave María, pero no basta para que me comprenda del todo la Fuerza Celeste. Me siento al fondo de la iglesia, rodeado de algunas señoras respetables, esperando una señal o un milagro. Está claro que tengo demasiada prisa, nuestro Creador trabaja en la eternidad y mi destino es furtivo.

El cura que oficia en la catedral de Saint-Pierre es vietnamita. Es un hombre aún joven, redondo y blando, un muñeco Michelin del Evangelio que habla con voz suave, dulce, casi femenina. Es el perfecto contrario de las largas figuras de apóstoles y del ascetismo de Cristo. Me imagino sus manos cuidadas, su cuerpo liso de eunuco y el sudor que le perla la espalda mientras susurra las fórmulas sagradas detrás del altar. Veo a su alrededor sangre y baños de oro, un ambiente barroco que me hace pensar en los cuadros de los maestros flamencos. Busco la verdadera palabra de Dios y es evidente que el cura tiene otras cosas que hacer.

Dios pesca las almas con caña, el diablo las pesca con red.

Un lunes por la mañana me siento en un banco y me fumo un cigarrillo. Saco el rosario del bolsillo interior. El pequeño Jesús tiene un aire preocupado y cansado al observarme con sus ojos minúsculos. Me da la impresión de que le sangran de nuevo las heridas.

–¿Sigues ahí en la cruz? ¿No te has marchado? Porque dos mil años son muchos años.

–*Timor mortis* –me dice– *conturbat me…*

–Qué gracioso –digo.

–No –suspira Jesús–, no soy gracioso. Soy el hijo de Dios…

Dejo el rosario sobre el banco con ternura, como si de veras estuviese hecho de una materia preciada y frágil. Después me levanto y atravieso la ciudad, de nuevo sin rumbo preciso.

El centro de acogida para solicitantes de asilo de Rennes, restaurado hace poco, me recuerda al instituto. Una gran puerta acristalada y pasillos interminables, salvo que aquí, en lugar de aulas, hay habitaciones para los refugiados. En el vestíbulo central hay un mapa del mundo con banderas pequeñas de los países de los residentes. A finales del verano de 1992, la miseria del mundo se ha dado cita en Rennes. Irak, Bosnia, Somalia, Etiopía, varios países del antiguo bloque soviético. Algunos vagabundos profesionales también, hombres perdidos desde hace mucho, quizá desde siempre, entre las diferentes administraciones y fronteras, entre el mundo de verdad y este inframundo de los ciudadanos de segunda clase, sin papeles, sin rostro y sin esperanza.

Me recibe una señora con unas gafas enormes. Habla suavemente mirándome a los ojos. Es una novedad. Desde que he llegado a Francia todo el mundo (incluidas las personas con buenas intenciones) me habla muy alto y con frases cortas del tipo: «Tú… Comer… Sí… Ñam, ñam, qué bueno…», o «¡Tú esperar aquí! ¡Aquí, esperar!».

Esto es otra cosa. La señora me explica, muy despacio –y, como de milagro, lo entiendo todo–, el funcionamiento del centro de acogida. Entiendo que voy a tener una habitación individual, de soltero, que el baño y la cocina son comunes y que tengo derecho a un curso de francés para adultos analfabetos tres días a la semana.

Me ofendo un poco:

–*I have BAC plus five, I am a writer, novelist…*

–No importa, hijo –contesta la señora–. Aquí comienzas una nueva vida…

Mi habitación se parece a la celda de un monje: una cama de metal, una mesita, una silla y una ventana que da al aparcamiento de un supermercado. Estoy agotado, estoy enfadado, conmigo, con la guerra, con todo el mundo. Es evidente que no estoy en mi sitio. Me siento superior a los demás refugiados del centro. He leído a Edgar Allan Poe o a Kafka, conozco la diferencia entre el realismo y el surrealismo. Me han concedido un premio literario muy importante en Yugoslavia.

Escucho jazz, Miles, Mingus y Coltrane, y a mi alrededor no hay más que pobres campesinos, pastores y miserables del Tercer Mundo. Estaré con el agua al cuello de momento, de acuerdo, pero tengo tanto que aportar, que contar, que mis nuevas condiciones de vida me parecen humillantes. Suelto la bolsa y salgo pitando.

Pongo rumbo al centro con cincuenta *Deutsche Mark* en el bolsillo. Según camino voy rezando a John Fante y a Julio Cortázar, al gran Baudelaire y al inmortal Apollinaire; le suplico a la barba de Hemingway y a la panza de Balzac, a *La insoportable levedad del ser* de Kundera y a *Abaddón* de Sábato para que vengan en mi ayuda. Cierro los puños en vano, maldigo. No tengo medios para canalizar mi frustración creciente. Dispongo sólo de un orgullo estúpido e inútil, de una falta de aceptación de mi destino, de un rencor frío. Me siento crispado, asustado ante mi nueva vida sin mañana.

Recuerdo vagamente haber gritado «No me podéis hacer esto, soy Jacques Dutronc» cuando me echan del bar alrededor de las dos de la madrugada, pero pese a todos mis esfuerzos el segurata es implacable. Resultado de mi vuelta por el centro de la ciudad: sigo siendo un refugiado enfurecido, pero ahora voy más ciego que un piojo y ya no tengo los cincuenta *mark*. Mi regreso al centro es largo y laborioso. Encuentro el camino confusamente en medio de la niebla opaca de la noche y de las cervezas. Durante la primera media hora entono canciones yugoslavas, después me pierdo en las afueras y cuando por fin veo el letrero CENTRO DE ACOGIDA GUY-HOUIST DE RENNES estoy muy cansado.

Me acompaña la mirada sombría del guardia al entrar en mi cuarto, quitarme los zapatos y caer sumido en un sueño inmediato, profundo y sin sueños.

Al cabo de una semana tengo dos nuevos amigos. Dos antiguos soldados rusos que saltaron el Muro de Berlín y que han aterrizado en este centro de Francia tras pasar por Bélgica y Países Bajos. Alexandre Terohin está cachas, es alto y rubio como el verano, y tiene un rostro en el que ya se aprecian los estragos del alcohol. Se pasea por los pasillos con el torso desnudo, musculoso y brillante como un dios eslavo. Sobre la piel clara se distinguen algunas manchas azules –una mano temblorosa e insegura ha tatuado el nombre de una ciudad y de una chica: Samara y Tamara, que riman como si se tratase del principio de un poema de Serguéi Esenin–. Más abajo, en el antebrazo, lleva una estrella comunista y una sirena rara, muy mal dibujada, seguro que al artista de la marina rusa le importunaron las grandes olas del mar Báltico. Su amigo Volodia Kudachov es su Sancho Panza. Bajito, tripón y casi obeso, Volodia parece una rata bien alimentada. Tiene ojos de cerdo malsano y unos dientes largos y amarillos que le sobresalen de la boca. Después de cada copa se da unos golpes en la barriga y nos cuenta sus hazañas sexuales en Berlín.

–Las alemanas –cuenta– no son todas putas, algunas aceptan hacerlo gratis.

Nos comunicamos en una mezcla de ruso, serbocroata y frases simples en alemán. Me alegro de pertenecer a una banda, aunque nunca participe en las peleas con los negros y los árabes que con frecuencia provocan mis nuevos amigos.

–Esto es Europa –repite Alexandre–, que se vuelvan a sus tribus de mierda.

A veces pasamos alguna noche tranquila y agradable. Nos sentamos en el aparcamiento que hay detrás del centro y bebemos, cantamos y no dejamos de comparar nuestra bella tierra con Francia, este país extraño.

–Qué país más raro, Francia –desvaría Alexandre–; aquí el pan blanco es más barato que el pan negro.

–Y además –dice Volodia– se comen la ensalada antes que la carne, y no como nosotros, a la vez…

–Sí, sí –añado con aire serio–, los franceses y sus mil tipos de quesos apestosos… En nuestra tierra hay dos tipos de queso: salado y medio salado; y si quieres otra cosa búscate la vida.

Después brindamos y bebemos a morro, al estilo eslavo.

Mis amigos rusos y yo siempre seguimos el mismo ritual. Primero, dos *packs* grandes de la cerveza más barata; luego los rusos hacen su *fighting cocktail* (una botella de limonada barata mezclada con alcohol de farmacia de setenta y cinco grados) y yo, para acelerar mi integración, cojo una botella de *vin de pays*, de preferencia tinto. Luego cada uno de nosotros gestiona su borrachera. Los rusos gritan por los pasillos y yo lloro en mi habitación, con el rostro escondido en la almohada.

–¡Como vuelvas a decir que eres poeta –me advierte Alexandre con frecuencia–, te parto la cara!

–Soy poeta –replico.

Entonces me da un puñetazo amistoso pero firme en la cara. Y brindamos de nuevo, bebemos y cantamos a voz en cuello *Kalinka, Kalinka maya...*

Dejo que la sangre escurra y me caiga por la camisa. Mi sangre, mi cara y mi cuerpo ya no importan tanto. Es sólo el pequeño precio que hay que pagar para evitar las noches interminables de soledad en mi habitación del centro. Dejo que la sangre escurra, ¿y qué? Anestesiado por el alcohol y por el terrible frío metafísico que me habita, aprendo que en este mundo ruin todo tiene su precio. En relación con los destinos quebrantados de un Shalámov o de un Pasternak, que te sangre la nariz no es nada en absoluto.

Algunas noches salimos al centro de la ciudad. Caminamos siempre según una regla bien establecida, Alexandre y yo primero, y unos pasos detrás de nosotros, Volodia. Somos ruidosos y arrogantes. Alexandre está agitado, Volodia gordo y yo voy con ellos.

Montamos el espectáculo en los bares oscuros. Pedimos tres vasos y luego los rellenamos directamente de nuestra botella de vodka industrial. Hablamos en voz alta, subrayando cada palabra con grandes gestos. Es una ceremonia amarga.

Alexandre se quita la camisa, Volodia intenta robar unos ceniceros de la barra y yo sigo con ellos.

Cuando llevamos una buena trompa esperamos a que nos echen del bar.

–Hay un borracho para proteger a cada Dios –divago yo mientras tropiezo con mis amigos en el camino de regreso.

Una buena mañana nos llaman al despacho de la directora. Sentado tras el escritorio hay un coronel de la Legión Extranjera fumando un grueso puro cubano. Escruto en silencio su rostro. Es la cara oval de un hombre de mediana edad, resplandeciente de tranquila seguridad; la boca y la nariz son correctas, lleva el pelo grisáceo rapado a lo militar y tiene los ojos azules. Tres pasos por detrás se halla su ayudante. Derecho como una vela, con barba de tres días y un uniforme impecable. Algo me dice que la mirada que esconde tras las gafas de sol huye sin cesar y que sus labios maduros y carnosos cubren unos dientes amarillentos y enfermos.

La pregunta que plantea el coronel es simple: ¿queremos alistarnos en la gloriosa Legión Extranjera?

Mis dos amigos rusos se ponen inmediatamente en guardia y yo, por mi parte, efectúo una de las piruetas más bonitas de mi vida. Me doy la vuelta y abandono el despacho sin decir siquiera adiós. Tengo veintiocho años y ya he servido en el Ejército Popular Yugoslavo, y luego en el difunto Ejército Bosnio. Estoy hasta el gorro de armas y de banderas, de las noches sin fin que muerden las manos y las auroras violetas que comienzan con los obuses enemigos. No quiero oír orden de capitán alguno, grito de herido alguno. No quiero volver a ver cómo se le derrama la sangre negra sobre las rodillas a un niño soldado que muere sorprendido, en silencio. No quiero volver a ver el armazón desnudo de mi casa natal destruida por un tanque, los perros enloquecidos de hambre, la pesada lluvia de acero que cae, cae, cae, en las trincheras…

No quiero volver a beber agua estancada y comer arroz sin sal, llevar una bandera y un casco; no quiero volver a limpiar nunca más un fusil y contar las balas, pequeños gusanos de muerte que se alimentan de la grasa y los músculos, de la sangre y la saliva de nuestras futuras víctimas…

Subo la escalera, atravieso el vestíbulo y entro en «mi habitación». Me tumbo sobre la cama. Después bajo el brazo y cojo mi flamante, y sin duda magnífico, poemario titulado *Jaguar, febrero, marzo, abril*…

Estudio largamente, una pequeña eternidad, mis propios versos. Y eso vuelve a darme esperanza y coraje. ¡Soy poeta, por Dios! Cierro la libreta y me subo la manta hasta la barbilla. Todo va bien, todo está en calma. Mis aliados, mis santos patrones Prévert, Camus, Celan, Pound están de nuevo allí. Nada que temer.

El año pasado era un poco pretencioso aún, pero este año soy perfecto.

4

El médico se quita las gafas y se masajea largamente la base de la nariz. Tengo ante mí a un hombre delgado y moreno, descansado, con los gestos suaves de un antiguo jugador de tenis. Lleva una barba cuidada, una colonia noble y cara y un traje de tres piezas, impecable, hecho a medida. Supongo que ha sido un diseñador famoso quien ha imaginado su escritorio: la larga mesa rodeada de sillas, una estantería negra casi vacía, algunos cuadros abstractos en la pared. El resto es de un blanco hiriente.

–TEPT –dijo carraspeando–, trastorno de estrés postraumático. Contando la respuesta diferida, deben de haber transcurrido al menos seis meses entre el acontecimiento trágico y el comienzo de los síntomas.

–No es posible –digo–, antes de la guerra ya estaba así.

–Aquí –dice el doctor– le he prescrito una TCC para el TEPT.

–¿?

–Terapia de enfoque cognitivo-conductual. Los resultados de muchos estudios controlados confirman que la TCC resulta eficaz para tratar el TEPT. La TCC consigue en general un porcentaje de éxito que ronda el sesenta o el setenta por ciento entre las víctimas de varios tipos de acontecimientos traumáticos. De hecho, en este momento, la TCC representaría el enfoque psicoterapéutico preferido para tratar el TEPT. Es la que da los mejores resultados y favorece que remitan o que disminuyan los síntomas, hasta un restablecimiento completo.

–Ya, yo es que sólo tengo un poco de dislexia y…

–Claro, claro –me interrumpe–, le irá bien, ya lo verá.

Salgo de la consulta aún más perturbado de lo que entré. Qué poco se corresponden su seguridad serena y el vocabulario, toda la jerga médica, con el incomprensible *spleen* que me habita.

Me siento en un bar y pido un café.

Ya me he despedido de los seres queridos, me digo, de mis amigos y de mis ciudades. Pero aún no he realizado una verdadera separación. Quizá porque la verdadera separación aún no es posible. La gente con la que hemos vivido son nosotros mismos: somos nuestra propia historia. Si pudiésemos, aunque fuese durante un corto instante, salir de esta historia, entonces la separación sería posible.

Sin embargo, conozco el origen de mi TEPT. Incluso puedo precisar la fecha, el 18 de mayo de 1992, y la hora, una tarde serena, azul y clara, casi transparente. Nosotros, cuatro amigos soldados, estamos sentados delante de una casa en ruinas. Compartimos un sucedáneo de café, un líquido marrón y caliente, según un ritual bien establecido: cada uno da un trago y luego le pasa la taza a su compañero. A nuestro alrededor reina la calma particular que se establece antes de la batalla. La primavera se muestra bella y sabia, no es consciente de nuestra sucia guerra. Las avispas, las abejas salvajes y las moscas, con movimientos complejos y casi mágicos, bailan un sublime ballet aéreo. Incluso hay algunos gorriones, pequeñas manchas con plumas, que tiemblan bajo el sol radiante. A una decena de metros una niñita juega con cosas invisibles para nosotros, los adultos. Tiene un trozo de madera transformado, me imagino, en algo magnífico, un avión, un ángel o incluso una amiga. La conozco, la llaman Alma. Tiene siete años y vive de la caridad, brutal y versátil, que le manifiestan los borrachos a quienes les vende flores y su sonrisa de niña en los cafés. Súbitamente la veo caer en silencio. Deja de moverse. Es un poco raro, un niño que se cae o bien se levanta de inmediato o bien llora, pero la pequeña Alma no se mueve. Una vez nos acercamos vemos la razón. La única bala que un francotirador ha disparado desde las colinas ha alcanzado en plena garganta a la gitanilla diligente y frívola. Su cuerpecito mantiene una postura natural, como si la niña estuviese dormida. La sangre que empapa el polvo a su alrededor es como una losa para todos nosotros, para el maldito país y para la puta guerra.

A partir del día siguiente, en el centro, comienzo a entrenarme para olvidar. Para empezar, los seres, después las cosas. Primero el amor y después el odio. Realizo una lista, larga como un río, de apellidos y nombres que olvidar. Anoto mis amores, mis vecinos, mis compañeros de instituto y los del ejército. Mis primos, mi primer libro publicado en Yugoslavia y el entierro de mi madre, los partidos de fútbol, los árboles y los bosques, las lluvias y las estrellas…

Pasar la esponja mojada del olvido por todos sitios.

No estoy listo, el camino sigue siendo largo. Sé que mi nueva vida en Francia exige un espíritu fuerte y una memoria blanca. Me siento abatido en la cama. Tengo ante mí las libretas del colegio y todos los bolígrafos, parecen sardinas negras y rojas. Sé que mi salvación, mi terapia de enfoque cognitivo-conductual, no debe ser otra que la escritura.

Tengo que aprender lo más rápido posible el francés. Así mi dolor permanecerá para siempre en mi lengua materna.

Cojo una libreta y la coloco delicadamente sobre las rodillas. Después cojo un boli rojo y escribo el título en letras mayúsculas: *Crónica de los olvidados*.

5

La primera clase; nosotros, unos quince refugiados: iraquíes (sólo hombres, ninguna mujer), el coronel de una dictadura africana caída, algunas familias somalíes y yo –la gran esperanza de la literatura yugoslava contemporánea– rellenamos las fichas. La completo correctamente, en mi opinión: apellido, nombre, fecha, lugar de nacimiento.

En el apartado «sus planes en Francia» la profesora de francés tiene una pregunta:

–¿Concurso? Ha escrito usted «concurso», ¿qué concurso? No lo entiendo...

–No he escrito «concurso», sino «Goncourt».

–¡Ah, Goncourt! ¡Vaya! –se asombra.

–Sí, Goncourt...

–Pues buena suerte –suspira–, pero hasta que le llegue el Goncourt, es usted un perfecto analfabeto en francés.

Así comienza mi aprendizaje de la lengua francesa, rodeado de alegría y buen humor.

A la semana siguiente aprendemos una frase muy importante: «¿Dónde está la oficina de Correos?».

«¿Dónde está la oficina de Correos?», dice la profesora y nosotros, cada uno con su acento y un entusiasmo sin límites, repetimos con ella: «¿Dóóónde está laaa oficiiina de Correeeos?».

Al día siguiente, y los sucesivos, seguimos en ello: «¿Dónde está la oficina de Correos?».

También aprendemos los verbos y la gramática. No entiendo nada pero estoy impaciente por descubrir frases de verdad. Para traducir por fin, con mis propias manos, mi largo poema en prosa, surrealista pero narrativo, de género revolucionario y lúcido titulado *Mi alma es un lobo solitario que muerde los neumáticos de vuestros coches de lujo*.

–Señorita –pregunto en mi inglés aproximativo al cabo de diez días de «dóndeestálaoficinadeCorreos»–, ¿avanzaremos en algún momento?

–Probablemente sí –responde–, pero de momento quiero que todo el mundo, y repito: todo el mundo, comprenda la frasecita…

No hay duda, tendré que arreglármelas de otro modo.

Voy a la ciudad, me siento en un banco.

¿Y si me buscase una chica como es debido, una novia francesa de verdad?

Para celebrar tal decisión me compro una botella de vino tinto de verdad.

Según mis criterios, soy un hombre guapo: 1,95 de altura, rubio, con ojos azules, media melena, delgado, rebosante de talento y de inteligencia. Para equilibrar, también sé que voy mal vestido y sin papeles, y que soy pobre, analfabeto en francés y refugiado. Así que necesito una chica bohemia, de ésas a las que les importa un pimiento las cosas materiales del tipo casa, coche, vacaciones, cine, salidas o comida.

El día de la «paga» (unos centenares de francos que la autoridad francesa concede a los solicitantes de asilo) me cojo el autobús rumbo al centro. Me enamoro con tanta frecuencia que es insoportable. Sólo en el autobús: una morena sentada ante mí con rostro dulce de *madonna*, o esa chica de pie que aprieta contra el pecho los libros de segundo curso de Derecho, con los senos casi saliéndose de la camisa al ritmo de los baches, el rostro soñador y los ojos medio cerrados mientras repite todo lo que ha aprendido desde el principio del curso escolar. O, al final del trayecto, una señora más madura, una burguesa con botines caros que le esculpen con fineza los gemelos y le hacen arquear la espalda formando una S lasciva y perfecta.

Cuando llego al bar me pongo a sorber mi expreso interminable. Escribo el poema en prosa y miro furtivamente ese mundo que no es el mío.

6

Le veo primero la espalda, luego la larga cabellera sujeta en un moño. Acodado en la barra, observo también la nuca blanca, los hombros sólidos y el elegante vestido que apenas esconde la embriaguez de sus caderas. Estamos a viernes por la noche, está con unas amigas y yo lo veo todo negro en mi cerveza sin gas. Su cuerpo es un barco atracado junto a mí, su perfume un cebo. Las gotitas de sudor que le perlan la nuca me hacen pensar en una maravillosa constelación de estrellas húmedas.

Me acabo la cerveza, levanto la mano y la dejo caer dulcemente sobre su hombro. Para mi sorpresa, su piel, su espalda y su aliento, su cuerpo y sus caderas me dicen que sí. Su perfil, luego su rostro, la sonrisa carmín y su mirada estrábica se han convertido, como por arte de magia, en un sí femenino.

–La noche puede comenzar aquí –dice con una sonrisa.

Isabelle parece un ángel estrábico, una Gioconda bien alimentada con unas gotas de sangre española y republicana en las venas. En sus pezones siento algo áspero, un sabor metálico a cítricos. Es de curvas generosas, no llega a obesa, aunque observo dos ondas de grasa sobre sus caderas y una epidermis menos porosa en los muslos. Isabelle tiene los dedos finos, una mano egipcia, felina. Se mueve como una barca, embriagada y fuera de órbita… Sus faldas son casi obscenas, cortas, negras o rojas, recubren como un guante su cuerpo a lo Rubens, fuerte y femenino a la vez. Isabelle posee varios pañuelos de seda, pendientes falsamente africanos y lleva un rojo bermellón, «estilo español», en los labios. No es vulgar. Una vez en casa, desmaquillada, parece una chiquilla que hubiese crecido precozmente y no supiese muy bien qué hacer con su nueva anatomía.

Nos entendemos mal, yo hablo poco y ella no deja de repetirme que estoy ausente:

–No sé dónde estás, pero no estás aquí. El problema es que tampoco estás en otro sitio. Estás simplemente ausente. Y eres frío. Frío como las cenizas.

En su estudio hay una pequeña estantería con libros. Me aprendo de memoria y por fonética, sin entender del todo, la tristeza de los grandes poetas franceses. A avanzadas horas de la noche recito, ante mi cerveza y con mi acento cosaco: *Llora en mi corazón / como llueve en la ciudad. / ¿Qué languidez es ésta / que penetra en mi corazón?*

Isabelle se ríe con todo el cuerpo, desnudo y lento, casi dormido tras el sexo.

–Qué oso –murmura–, eres un verdadero oso de los Balcanes.

–*Acuérdate, Barbara* –vocifero–. *Llovía sin cesar en Brest aquel día / y tú caminabas sonriente, / dichosa, embelesada, empapada.*

E Isabelle ríe con más fuerza.

Mi lío con Isabelle me aleja aún más de los otros refugiados. Me siento superior, por encima del rebaño. Las pocas noches que paso en el centro exijo toque de queda a las ocho y silencio monástico para mi creación literaria.

–¿Dónde ha estado todo este tiempo? –me pregunta un buen día la directora.

–Voy donde quiero y hago lo que quiero. Soy poeta.

–Vale –concluye–, como quiera. Me limito a señalarle que si sigue así perderá su ayuda social.

El resto del tiempo hojeo el diccionario francés-croata o serbio como hacemos en la escuela primaria y me aprendo de memoria las palabras, como un papagayo: *LE boeuf*, *LA pomme*, *LE soleil*, *LA maison*… Ya soy un lector consagrado de Tintín. Me he leído, no sin esfuerzo, tres volúmenes de sus extraordinarias aventuras: *Las siete bolas de cristal*, *La oreja rota* y *Los cigarros del faraón*. Me dispongo a leer la primera novela por completo en francés. Pero no puedo. Aunque las frases del gran Camus son simples, me parece, me pierdo continuamente en su *Extranjero*.

Me faltan palabras, tengo sólo tenacidad y nada más para devorar los clásicos. Me doy cuenta de que toda la literatura francesa está cerrada con llave para mí. Cuanto más me interno en el bosque de los verbos y en la alquimia de la gramática, tanto en las expresiones populares como en el francés literario, tanto en el oral como en el escrito, más claro me queda.

No soy un hombre, soy una anécdota.

Un domingo claro y solemne me invitan a casa de los padres de Isabelle. Lo ha organizado todo: como su padre tiene problemas de corazón, cuando esté en su casa me presentará como compañero de facultad, estudiante polaco.

–¿Y no puedo ser danés? –le pregunto con mi mejor sonrisa–. También puedo hacerme pasar por escandinavo…

–Pero ¿por qué nadie quiere ser polaco? Eres polaco y punto.

–Pues si soy polaco por lo menos me voy a elegir un nombre. Buenos días, señora, me llamo Franciszek Frederyk Balcrowiak.

–Lo del nombre vale –suspira.

La casa de sus padres se halla en la zona residencial de Rennes. Una larga fila de casas idénticas, de estilo falsamente bretón, con jardincito, flores y el felpudo obligatorio ante cada puerta que reza «Bienvenidos». Los padres de Isabelle tienen un perro, Casimir, probablemente el animal más feo del mundo. Casimir, de un color indefinido, digamos beis, tiene los ojos saltones, una catarata en el ojo izquierdo y las orejas de un conejo sarnoso. El cuerpo corto y sin forma se apoya sobre unas patas de rata. Tiene la mandíbula «torcida», da la impresión de que no pertenece a su cuerpo y una lengua pequeña cubierta de varias capas de espuma blanca y de manojos de minúsculos hongos violetas.

Mientras que el padre de Isabelle, con su fisonomía a lo Jean Gabin, nos prepara unos *kir* con vino blanco tibio, el perrito feo siente una atracción particular por mi pierna izquierda. Es muy desagradable, parece una babosa enorme que apesta pegada a mi vaquero. Pero hago como si no pasase nada y observo el salón. La señora de la casa ha colgado cortinas en todo cristal que pudiese ofrecer un poco de luz. En las ventanas, en la puerta que separa el salón y la cocina, en la que separa el pasillo y los baños, en la pequeña vitrina de la vajilla, por todas partes se ven cortinas malvas con rosas amarillas. El mobiliario es de tipo rústico, lo cual me recuerda a mi casa natal. Cuatro buldóceres transformados en sillones de cuero falso y una mesa larga y pesada presiden el salón.

La madre de Isabelle es un enano rojo. Es redonda y corta; lleva un delantal carmesí, un collar escarlata y ha puesto una gran flor de plástico bermellón en el chucrut.

Por supuesto, llama «papá» a su marido.

–Mira, papá –exclama–, esta vez me ha salido bien el puré de zanahorias.

–¡Perfecto, mamá! –responde Jean Gabin–. Nos terminamos las copas y vamos.

Un mantel de plástico transparente protege la mesa de la cocina. La vajilla, llamada «la vajilla de la abuela», comprende cuatro platos de tres litros de capacidad cada uno y un verdadero arsenal de cuchillos variados, tenedores y unas cucharas tan pesadas y grandes que me da la impresión de asistir a una comida en casa de Gargantúa.

Hablamos poco, o nada en absoluto. Cuando el enano rojo saca el asado de cerdo, Jean Gabin se estremece.

–Ahora, cuidado –lanza.

Unos instantes más tarde, blande en la mano un cuchillo eléctrico.

Con una precisión casi sádica corta colosales lonchas de carne sangrienta, tan grandes como las orejas de un elefante, y las coloca sobre los platos decorados con hojas de viña.

–Y dejad hueco –sonríe el enano rojo–, que luego llega la tarta de calabaza.

La tarta es pesada y triste, y el café, servido en tazas pantagruélicas, sabe a clase media.

–¡Y ahora los sellos! –exclama Jean Gabin.

Y con una elasticidad sorprendente para su cuerpo voluminoso desaparece en algún lugar del pasillo.

–¡Pero, papá! –protesta blandamente Isabelle.

–Y ahora los sellos –insiste con firmeza el enano rojo.

Casimir sigue pegado a mi pierna, finjo beber el tibio brebaje y me encuentro un álbum de sellos de colección en las rodillas.

–En un álbum –anuncia el viejo–, cada sello tiene un lugar bien determinado. Una reproducción en blanco y negro del sello ilustra la ubicación. En cada ubicación hay una funda transparente que permite insertar el sello a la vez que le sirve de protección. Antiguamente existía lo que el filatelista llamaba charnela, trozos de papel doblados en dos en forma de bisagra y con pegatina; un extremo se fijaba en el dorso del sello y el otro en el álbum. Se desaconseja el uso de charnelas porque desnaturaliza el sello dejándole marcas. Generalmente los álbumes permiten clasificar los sellos por año. Todos los años los fabricantes sacan hojas complementarias que ayudan a colocar los sellos emitidos durante el año. Pero cuidado, colocar los sellos en un álbum sale bastante caro. Y aquí tiene una pieza rara, joven. ¡Un sello de la Polinesia francesa!

Veo un trozo de papel casi desteñido de veinte francos, y una palmera triste sobre un fondo de mar azul pálido.

A la vuelta caminamos en silencio. En varias ocasiones intento cogerle la mano, pero Isabelle se niega.

Estoy decepcionado, muy decepcionado.

Hasta entonces estaba convencido de que todos los franceses eran un poco artistas, pintores y poetas.

El metro parisino es un hormiguero: la gente y las caras, los olores y una tristeza particular y gris que se ha depositado en sus cuerpos mal despiertos. Mil escaleras y mil pasillos. Camino con paso firme y decidido. Me siento como un mosquetero, un centinela enviado al territorio enemigo. Corre aire fresco, pero yo voy sudando. Siento que dos serpientes frías me muerden la espalda, que unas perlas malsanas me exploran la frente. Se me desliza la bolsa de la mano, estoy tenso, avanzo cabizbajo con el valor de un toro que carga ciegamente y sin esperanza alguna contra la larga hoja del torero.

Como Pushkin en la mañana del duelo, pienso, como César al alba antes de atravesar su Rubicón...

Estoy pegado al cristal sucio del tren de cercanías RER A. Quiero ocupar el menor espacio posible, quiero hacerme transparente, invisible...

Sólo por hacer algo observo todos los matices del gris, del cemento en bruto y del negro de fuera. Sumo los minutos necesarios para que nuestro vagón cubra la distancia entre las paradas de Nation y Vincennes y acabe por entrar en la pequeña estación de Vincennes y en la de Fontenay-sous-Bois.

He llegado demasiado pronto. Así que me fumo un cigarrillo mientras busco desesperadamente la menor huella del bosque mencionado en el nombre de Fontenay-sous-Bois.

La bandera francesa que hay ante la oficina parece estar a media asta. Distingo el azul, el blanco y el rojo. Los tres colores de la libertad. El azul y el rojo por los colores de París que rodean el blanco de la realeza.

Mi cita en la Oficina Francesa de Protección de los Refugiados y Apátridas (OFPRA) es como una sesión con el psicólogo. Me encuentro, junto a mi traductora, ante una señora de gafas grandes. Nos apretujamos los tres en su despacho, entre los dosieres. Tengo sed. Toda mi agua se ha hecho sudor. Como voy recién afeitado para estar más presentable, siento un picorcillo en el cuello.

–Hay guerra en su país –dice la señora–. Es triste, ya lo sé, pero ahora no es la guerra lo que nos interesa. Estamos aquí para que me explique por qué usted, Velibor Čolić, pide protección al Estado francés y asilo político. ¿Cuáles son sus razones personales?

Tengo la impresión de ser Sherezade, de que la historia de mi vida anterior es sólo un cuento tenebroso donde vuelven a desfilar camisas oscuras, donde se vuelven a quemar ciudades, gente, libros. Hablo con voz serena y monocorde. Me hallo en una especie de trance mientras explico que perdí mi trabajo de presentador de un espacio de rock y de jazz en la radio, que la milicia paramilitar vino a buscarme varias veces a mi apartamento, que me trataron de «izquierdista peligroso» en las filas de mi propio ejército. Que fui soldado en contra de mi voluntad. Que estuve a punto de morir varias veces. Que durante los ataques del ejército serbio yo disparaba muy alto, hacia el cielo, para asegurarme de no herir nunca a nadie. Que me encerraron con tres mil hombres más, musulmanes bosnios, serbios y algunos «traidores» croatas como yo en un estadio de Slavonski Brod, una ciudad croata que, de repente, se convirtió en frontera. Que mi guardián, soldado croata, me humillaba, que me golpeaba con la culata de su Kaláshnikov o con las botas militares. Que me convertí en traidor, que ya no represento nada para nadie.

–Antes de la guerra –termino con sequedad–, era un hombre, y ahora soy un insulto.

La señora de la OFPRA me escucha y toma notas.

–¿Es usted francófono? –me pregunta al final de la sesión.

Espero la traducción y luego contesto en inglés:

–Sí, soy perfectamente francófono.

Me marcho de la OFPRA cansado y aliviado al mismo tiempo. No sé si mi historia es suficiente. ¿Ser desertor en tiempo de guerra y traidor a todo el mundo hace de mí un refugiado político? ¿Dónde comienza y dónde acaba la política?

El regreso en el tren de cercanías es rápido y ligero, el tren va casi vacío.

Salgo en Châtelet-Les Halles y llego a la estación Montparnasse a pie.

Miro a la gente sin verla de veras. Vacilo un momento ante el panel de salidas.

¿Y si me fuese a La Rochelle?

Hago un rápido cálculo de mis escasos ahorros y descarto definitivamente La Rochelle.

A mi alrededor, en el restaurante de la estación, están todos de paso o a lo mejor ha sido el azar quien los ha traído aquí. Sus maletas, bien cerradas, son grises, pesadas, corrientes. Ante ellos, la tristeza inherente a cualquier partida se mezcla con la incertidumbre del viaje. Suben a los trenes, se acomodan, leen periódicos y libros. Quedan quince minutos para salir, aprovecho para comprar tabaco. Con el rabillo del ojo advierto la sonrisa de una mujer, pero ya es demasiado tarde.

Una vez en el tren con destino a Rennes cierro los ojos y me quedo dormido.

8

Mi geografía de Rennes es bastante rudimentaria. Conozco la zona comercial alrededor del centro de la ciudad, algunas calles del mismo y casi todas las estaciones de autobús. Soy colega de dos o tres vagabundos, pero por lo general estoy solo.

Camino mucho, cubro kilómetros moviéndome cual pollo sin cabeza. Me detengo delante de los escaparates y miro cosas inútiles. Bajo una lluvia desagradable como un insulto noto el momento exacto en que se me mojan los pies. Sueño con los ojos abiertos que las hojas que caen son hojas de tabaco. En los periódicos veo que mi país se quema y se desangra, siento que mi patria se transforma en una estrella negra y triste. Con la misma cólera reflexiono sobre nuestros «perros de la guerra».

Soy un hombre de lluvia, encerrado en el silencio, atravesado por los espasmos y la tos ronca del insomnio. Soy el otro. El que no entiende nada y no consigue hacerse comprender. En mi *walkman* blanco, que no funciona bien y tiene los auriculares rotos, giran en bucle mis dos únicas cintas: Lou Reed, *Magic and Loss*, y Leonard Cohen, *Greatest Hits*.

Camino hasta el agotamiento. Luego cojo el autobús y vuelvo al centro. Una vez allí tengo dos posibilidades. Comer y acostarme o acostarme sin comer.

La cocina colectiva se encuentra en la primera planta, al final de un largo pasillo. Una fila de hornos y de hornillos eléctricos, unas cuantas mesas y varios fregaderos para los platos. A mediodía y por la noche resuenan alegremente las voces y los pasos de los niños. El resto del tiempo está tristemente vacía, con el suelo grasiento y sus olores pesados: la fritanga africana y las conservas, las sopas de tetrabrik y las torrijas bañadas de aceite... Paso muy poco por la cocina. Casi no como, se me va todo el dinero en alcohol, bolígrafos y cuadernos. Tengo toda una batería de bolis, negros para escribir, rojos para corregir, y una decena de cuadernos escolares. Algunos ya están llenos: un largo poema, *Madrid, Granada o cualquier otra ciudad*; dos novelas, una de las cuales, *La vida fantasmagóricamente breve y extraña de Amedeo Modigliani*, está particularmente conseguida, y la otra, *Los 47 cuadros de la vida de Andrei Rublev*, algo menos, digamos, y una observación esencial y lúcida sobre el mundo contemporáneo llamada *La Atlántida moderna: reflexiones sobre la guerra, la paz y el fin de la civilización*. Escribo todo el rato en todas partes. Revoloteo sobre mis escritos al menos diez veces por hora. Me siento como un Beethoven literario. El creador que posee una visión global de su gran obra naciente.

El resto del tiempo lo paso estreñido, contando los días sin vitaminas y las noches sin sueño. Una vez a la semana me compro un kebab. Y como se trata de una inversión seria tengo que elegir bien el momento. Tras varios experimentos (por la mañana, para pasar el día bien saciado; a mediodía, en la pausa para el almuerzo, como todo el mundo; por la noche, para dormir bien), concluyo que las cinco de la tarde es el momento oportuno para devorar el milagro oriental. Así pues, llego donde mis amigos turcos, pido un kebab con patatas y mientras tanto voy puliendo uno de los manuscritos u observando el extraño carrusel de la carne ante mis ojos. A veces aderezo mi espera con una conversación rudimentaria, «yo bosnio, yo guerra, bum bum», y el hombrecillo, sonriente, pone más patatas de lo normal en la grasa de mi bocadillo. Luego me lo como siguiendo un ritual bien establecido. La primera mitad del bocadillo rápidamente, la segunda con lentitud, contando cada bocado. Al final lamo con cuidado el papel y pido un vaso de agua. En general me lo dan. Un par de veces hasta he conseguido una lata de Coca-Cola.

9

Una mañana lluviosa aparece un coche alemán largo y bonito aparcado delante del centro de acogida. Es propiedad de un tal Mehmet Bairami, un gitano fuerte, negro como el carbón. Lleva una camisa blanca y un traje a la antigua, unos zapatos bien pulidos y una botella de cerveza en la mano. Mientras habla, y habla mucho, Mehmet Bairami no deja de escupir. Está en armonía con los rescoldos de su juventud. Como cualquier hombre que se pasa la vida en la carretera, Mehmet es un filósofo, cínico y nihilista.

–Cualquier gilipollas, cualquier adolescente lleno de granos puede estar triste, la tristeza no es nada. Pero para ser pesimista, mi querido bosnio, hay que ser un poco más lúcido.

A Mehmet me unen lazos de «compatriota» (ambos somos exyugoslavos). Me trata como a su hijo. Y yo siempre estoy dispuesto a hacerle favores. A ir a buscarle el tabaco y la cerveza, a pasar un trapo por la mesa de su habitación, a vaciar los ceniceros…

–Eres joven –me dice una tarde particularmente lenta y vacía–, ¿por qué andas con todos estos miserables?

–Soy escritor. Atesoro la experiencia…

–A ver, ¿qué edad tienes? –Mehmet levanta la cabeza.

–Veintiocho, tengo veintiocho años.

–Pues mira, hijo –dice con una sonrisa–, yo a tu edad ya tenía treinta y tres.

Mehmet Bairami no tiene ninguna posibilidad de conseguir papeles, pero le importa un pimiento.

–La justicia es lenta y yo soy rápido. La policía se queda inmóvil y yo me muevo sin parar. La Comunidad Europea cuenta con doce países y antes de que me excluyan definitivamente, eh, ya habré dado cinco veces la vuelta a todos…

Mehmet me enseña casi todas las disciplinas que un refugiado debe dominar.

–Elemental, querido bosnio. Ayúdate a ti mismo y Dios te ayudará.

Limpio de sus innumerables «¿eh?» y «ya ves, hijo», su manual de exilio puede parecerse a esto:

CÓMO HACER LA COMPRA

–Sales a la calle peatonal, la principal, la más frecuentada, y esperas a que llegue la primera *mama* africana gorda. Luego te cuelas detrás de ella, discretamente, como una sombra. El sitio donde ella hace la compra es el más barato de la ciudad, garantizado.

CÓMO ENTRAR EN EL METRO SIN PAGAR

–Tarde o temprano terminarás en París, todos los inmigrantes de Francia llegan un día a París. Para estar en activo tienes que desplazarte. ¿Y cómo se mueve uno por París? Pues, evidentemente, cogiendo el metro. Hay varias formas de entrar en sus profundidades; hoy examinaremos las gratuitas. Para empezar, la más rápida, aunque no siempre fácil. Te pegas a un cliente que ya ha picado su billete, te conviertes literalmente en su espalda, y entras por la cara siguiendo el ritmo de sus pasos. Te arriesgas a que el francés grite «¡Al carterista!», y entonces ya no sales del centro de acogida. La segunda forma es más larga pero más segura, en mi opinión. Observas y esperas el momento en que llega un grupo de chavales de barrio (esos que van con gorra) ante el temido torniquete que no nos deja pasar sin billete. Y te fijas bien: en su flexibilidad y su determinación, en su despreocupación y su valor. Cuántos pasos y cuánto apoyo, qué velocidad y cuánta fuerza se necesita para saltar por encima del mecanismo y entrar libremente en los pasillos del metro. Para no quedar en ridículo delante de todo el mundo tienes que entrenarte antes de intentarlo. Te aconsejo los bancos de un parque.

CÓMO ASUSTAR A UNA ABUELA BLANCA

–Bueno, tú eres blanco como la leche. Para tal disciplina, es preferible ser negro o por lo menos moreno como yo. Localizas a una abuela con su paraguas, sus bolsas del mercado y su perrito peludo. Caminas con fuerza detrás de ella hablando en tu lengua materna. También puedes cantar, pero para ti es más difícil, porque no eres gitano como yo. Te acercas bien despacito, que sienta tu aliento y tu peso, tu olor a extranjero. Y cuando le empieza a entrar el pánico le preguntas con tu mejor sonrisa: «¿Necesita ayuda, señora?». Te va a decir que no, claro, pero tú has cumplido tu misión.

CÓMO RECIBIR AYUDA
SOCIAL EN ALEMANIA

–Tarde o temprano acabarás en Alemania; todos los inmigrantes yugoslavos, sin excepción, llegan un día a Alemania. Como todo el mundo sabe, desde la caída del Muro, el país está dividido en dieciséis *Länder*. Y cada *Land* posee su propia administración. Una situación ideal para darte una vueltecita por ese grande y bello país y pedir ayuda social en cada *Land*. De Múnich a Kiel, de Düsseldorf a Dresde. Así puedes recibir dieciséis ayudas sociales, una suma coqueta, durante varios meses, por no decir años. Pero es un truco que no puedes hacer más que una vez. En cuanto te descubran tienes que abandonar el país. Y además, si sabes robar coches, como yo, por ejemplo, puedes irte de Alemania por la puerta grande, como un ciudadano de lo más decente.

CÓMO ROBAR UNA CHUPA DE CUERO
NEGRO EN UNOS GRANDES ALMACENES

–Bueno, bueno, tú eres alto y estás cachas, eso ya es algo. Pero para parecer un inmigrante de verdad, un yugoslavo, un tío dispuesto a todo, necesitas una chupa de cuero negro. Entonces, ¿cómo agenciarse una chupa de cuero negro, que cuestan un ojo de la cara? Pues muy fácil. Vas a unos grandes almacenes, a la sección de cuero, y miras dónde están las chupas más bonitas. Pero cuidado, porque tienen los bichitos antirrobo, sabes lo que te digo, los platillos volantes esos, pegados en cualquier sitio. Coges una chupa de tu talla que tenga el antirrobo puesto en un sitio discreto. Luego coges el cuchillo, lo recortas en el probador y te pones la chupa a la espalda. Después sales tranquilamente por la puerta mientras piensas cómo arreglar el agujero. Como ves, robar una chupa es como la vida: en general, cortas y arreglas, arreglas y cortas, y así sucesivamente.

CÓMO ACTUAR EN UNA PELEA

–Tienes que dar primero siempre. Sea cual sea la situación, sea cual sea el adversario, primero golpeas y sólo después puedes pararte a dialogar. En la medida de lo posible, hay que evitar las peleas con los tíos bajitos. Los altos son más fáciles. La mayoría de las veces el alto es tranquilo; todo el mundo se aparta a su paso, no está acostumbrado a pelearse. Mientras que el pequeño lleva toda la puta vida peleando, para hacerse un hueco, para hacerse entender, para demostrar que existe. Así que cuidado con los bajitos, hay que evitarlos.

CÓMO FABRICAR DINERO FALSO
Y CUÁNTO CUESTA EN REALIDAD
UN BILLETE DE CIEN FRANCOS

–Tengo un primo cerca de Lille que ha inventado la máquina ideal para fabricar billetes falsos «de verdad». Indetectables. Resistentes. Su problema es el coste de fabricación. «Mira, Mehmet», me dice, «fabricar un billete de cien francos nos va a costar ciento veinte.» Pues sí, su máquina es un bonito sueño. Pero nosotros los refugiados no podemos soñar. No es aconsejable, es más, yo diría que para nosotros está prohibido soñar. Cada uno en su sitio.

CÓMO VENDER LAS PASTILLAS ROSAS Y AZULES

–Mi primer *business* en Bélgica se basaba en una idea genial. Vendía por correspondencia a futuros padres dos tipos de pastilla, las azules si querían un niño y las rosas si querían niña. Eran unas vitaminas con azúcar, nada serio, nada peligroso para la futura mamá. Yo era muy honesto, si no quedabas contento devolvía el dinero. Y por otro lado, el cálculo era simple: siempre tenía un cincuenta por ciento de posibilidades de acertar.

CÓMO Y POR QUÉ NO PONERSE NUNCA ENFERMO

–La raíz de nuestra alma se encuentra en el abdomen. Cada mañana me como una tortilla de seis huevos, mínimo. En las tres comidas restantes como siempre carne. Menos cuando estoy en la cárcel, pero la cárcel es otra historia. Estar delgado, las vitaminas, la verdura y las ensaladas son categorías burguesas. En mi opinión, cuanto más gordo se está, mejor. Para mí, grasas; para ellos, clorofila; para mí, las barbacoas; para ellos, el grano.

Así funciona este mundo ruin. Como no tengo seguridad social, no puedo ponerme malo, sale demasiado caro. Me veo obligado a tener buena salud. Y si tengo buena salud, ¿por qué me voy a privar de comer platos buenos llenos de grasa?

CÓMO Y POR QUÉ HAY QUE
TENER AL MENOS DOS PASAPORTES

–Un hombre sin papeles es un hombre sin rostro. El hombre sin patria no es nada, un árbol sin tronco o un pájaro sin alas. Ser de todos sitios puede significar también que no somos de ninguno. Ser gitano es un oficio. Ser gitano es una vocación. Sabes que no juegas nunca en casa. Para defenderte necesitas un poco de músculo y mucha inteligencia. Te armas de papeles, dos pasaportes como poco, e intentas evitar los líos con la poli. Por eso, mi querido bosnio, yo tengo dos pasaportes, uno yugoslavo y otro macedonio, y por eso me dispongo a comprar un tercero. El pasaporte croata, el más fuerte.

CÓMO Y POR QUÉ HAY QUE
PASAR SIEMPRE POR POLONIA

–En los desplazamientos por Europa siempre acabas dando con una frontera. Es así, no hay nada que hacer. Sólo en nuestro país, en Yugoslavia, tenemos por lo menos cinco o seis estados.

Mi geografía personal me ha enseñado que el viaje más bonito empieza siempre donde los aduaneros son corruptos. Así pues, hay que evitar Alemania, Francia y Austria, y son aconsejables Polonia, Hungría, Bulgaria y todos los países de la antigua Yugoslavia. Por eso, vaya donde vaya, Italia, Bélgica, Suecia, Francia, paso sistemáticamente por Polonia.

Antes de desaparecer Mehmet me regala un reloj suizo magnífico, con números que brillan en la oscuridad, y una pulsera de metal pesado y caro.

Lo llevo unos días, luego voy a la ciudad y lo tiro a la basura.

10

Tiene rostro de extrajera, de escandinava, y cuerpo de señora. Tendrá unos cuarenta años. Bajo la
camisa blanca se alzan los senos, huidizos peces
de plata. Lleva las orejas adornadas con dos bo-
nitos pendientes, gotas de ámbar color cerveza y
miel. En el cuello un ligero pañuelo de lino, tejido con hilo tan fino como el de una araña. Con
motivos florales un poco simplones. En la garganta, un lunar redondo y negro. Un poco más
abajo, en el cuello, una pequeña cicatriz, una linda rosa de piel, mordisco de ángel.

Trabaja de cajera en el supermercado.

Aprovecho cualquier ocasión para pasar por su
caja. Una ensalada de atún a la nizarda, media hora
más tarde otro paquete. En lugar de comprar uno
familiar de raviolis cien por cien ternera, compro
dos pequeños. Es más caro, eso sí, pero contemplo
dos veces su rostro, su cuerpo… Siento sus dedos

en la palma de la mano, caricia de seda cuando me toca furtivamente para darme las vueltas.

Entre paso y paso por el supermercado examino los medios más aceptables de abandonar este mundo ruin.

Procedo por eliminación.

¿Saltar por la ventana? Ni hablar. Mi habitación está demasiado baja. Me arriesgo a caer al asfalto y eso puede doler.

¿Colgarme? Sí y no. Sí porque es fácil procurarse una cuerda, no porque el techo de mi habitación mide apenas dos metros. Quiero ser cadáver, no acróbata.

¿Volarme la tapa de los sesos? Imposible, me he prometido no tocar jamás un arma.

¿Saltar a las vías del tren en la estación? Para nada, yo sueño con irme en silencio, no ante centenares de testigos.

¿Ahogarme? No, gracias, en esta época del año el agua está helada y, además, no quiero acabar de comida para los peces.

¿Morir de hambre? Indiscutiblemente no, quiero ver aún unas cuantas veces a «mi» bonita cajera.

¿Veneno? No. Prefiero morir con buena salud.

Al cabo de una semana de reflexiones encuentro por fin la solución: suicidio por alcoholismo.

Me viene como anillo al dedo. Es eficaz, seguro, no tan desagradable a fin de cuentas, y me deja tiempo para terminar mi manuscrito. Con el mismo impulso salgo corriendo al supermercado. Me gasto mis últimos ahorros en una botella de ron barato.

Liberado de todos mis miedos, espero pacientemente mi turno junto a mi encantadora cajera. Al pagar la botella, declamo: *¿Eres rubia o morena? / ¿Son tus ojos negros / o azules? / No tengo ni idea pero me gusta su claridad profunda. / Pero me encanta el desorden de tus cabellos.*

Ella levanta la cabeza y se queda mirándome con la boca entreabierta.

–Verlaine –digo–, Paul Verlaine.

Se encoge de hombros y se gira hacia el próximo cliente.

Mi primera noche de suicidio es magnífica. Me sirvo ron a un ritmo contenido y bebo. A partir del cuarto vaso comienzo a cantar entre el humo azul de la habitación. Primero canto el *sevdah* bosnio, luego «Que je t'aime» de Johnny Hallyday y al final unas canciones revolucionarias sobre la gloria del mariscal Tito.

El guardia llama a la puerta cuando me desgañito «Get up, ketchup, for your rights».

Estoy sentado en el suelo sin camiseta.

–¿Qué coño pasa aquí? –ladra.

–No hay nadie –le replico–. Estoy solo.

–Como no pares ya, te echan mañana mismo del centro de acogida. ¡Estamos hasta las narices de tus excentricidades!

Me levanto, no sin esfuerzo, y abro la puerta.

–Hazme un mimito, que esta noche debo abandonar el mundo. Anda, enróllate, hazme un mimito.

–Quedas avisado –suspira el guardia–, ya te enseñaré yo mañana cómo me las gasto.

Me vuelvo a mi cuarto y sigo cantando. Pese al alcohol tengo la agradable sensación de estar más lúcido que nunca.

Es genial morir de alcoholismo, me digo. Sólo que justo antes debe de doler un poco la cabeza.

11

Ya no tenemos dinero para alcohol, así que jugamos al fútbol. Les enseño a mis compañeros la
herida de la rodilla, lo cual desencadena un verdadero desfile, una corte de los milagros en la que
todos muestran sus cicatrices. Finas y blancas en
la espalda, provocadas por un machete, rosas y
jugosas, grabadas por un Kaláshnikov, negras, las
de los impactos de obús, e incluso algunas, como
la mía, resultado de una simple caída.

–Y eso no es todo –digo–. ¡Una vez, durante
la guerra, me cayó un obús tan cerca que me de-
jó sordo tres semanas!

–¡Ya ves! –añade Georges, el iraquí–. Un día ga-
searon nuestro pueblo con un arma química hasta el punto de que durante meses las vacas dieron
leche violeta.

–Vale –replicó sonriendo un africano–; una vez
hirieron a un amigo en la pierna. No dejaba de

chillar tan fuerte, que al cabo de media hora me vi obligado a decirle: «Oye, amigo, a ti te han herido en la pierna y lloras como una nenaza, pero mira, a tu compañero de combate le ha dado un obús en la cabeza y no dice ni palabra».

Por la tarde nos sentamos delante del supermercado. Los guardias ya nos conocen, no podemos entrar en grupo. Así pues, nos quedamos en el aparcamiento para observar a la gente y los carritos. Algunos, los más lanzados, ayudan a las señoras mayores a colocar la compra en el maletero de los coches, los demás siguen intentando entrar en «el templo». Por mi parte, muestro un orgullo tonto de poeta. Me quedo en el puñetero aparcamiento con las manos metidas en los bolsillos y dejo que la lluvia tozuda y glacial me toque su melodía nórdica sobre la piel. Mil agujas, mil deditos húmedos que me dibujan un collar de perlas en la nuca. Imagino que en cada gota se esconde un angelito.

Regreso a mi habitación y elijo uno de mis tres libros, Jacques Prévert. No sé leer, me limito a mirar el rostro del poeta en la cubierta, su cigarrillo y su gorra, su mirada divertida y triste a la vez que me recuerda a Droopy, el perrito de los dibujos animados. A los quince minutos suelto el libro y salgo a silbar al pasillo. Es mi pasatiempo preferido los días en que no hace bastante bueno para salir. Así que silbo, y el eco de mi aliento resuena y se multiplica. Tengo la sensación de que una mariposa sonora atraviesa el centro. Cuando cae la noche acudo a la cocina colectiva y me como la segunda lata de *cassoulet* cien por cien cerdo. Lavo el tenedor, saludo a algunos conocidos al pasar, vuelvo a mi celda, me desvisto y sumerjo cuerpo y alma en un sueño agitado.

Al día siguiente me despierto convertido en negro. Milagrosamente la piel de las manos se me ha vuelto mate y mi nueva nariz se parece a una ciruela azul de reflejos metálicos. Mi nueva boca es como una rosa, carnosa y solemne. Soy inmensamente feliz. Soy fuerte y ligero a la vez, elástico y perfecto. Veo el mundo de otra manera. Comprendo la estructura de todas las cosas con una claridad sorprendente. Veo el armazón rígido de acero de mi cama, las fibras de mi manta. Siento que mi nuevo corazón negro late al ritmo de una samba sublime que me hormiguea en los pies y me da punzadas en los gemelos.

El ojo, me digo, es la lámpara del cuerpo.

Necesito un buen rato para darme cuenta de que me he despertado en otro sueño. Los portazos, los pasos que resuenan sobre las baldosas y las voces que cuentan algo en una lengua desconocida me devuelven a la realidad. Quiero quedarme con todas mis fuerzas, más y más, mucho tiempo, para siempre, con ese cuerpo negro y maduro, esos ojos translúcidos y esa danza en los pies. Abro los ojos. Qué gran decepción: soy desesperadamente blanco y pobre, no tengo papeles y estoy enfermo.

En un movimiento de pánico me toco la cabeza.

Por suerte no soy calvo.

Un hombre calvo, me digo, está orgulloso de su gorro; un loco, de su fuerza.

Me levanto, no sin esfuerzo, y me tambaleo en medio del gris.

12

En la estación de Montparnasse me recibe una lluvia fina, un sirimiri bretón. Un fin de noviembre sorprendentemente suave y tibio. Ante mí brilla una gran ciudad desconocida. Algunas tiendas colocan los escaparates navideños, con cintas doradas, estrellitas y un señor gordo y rojo que parece un niño con una larga barba blanca. Tengo la sensación de entrar en el metal, en una luz fría e hiriente. Las sombras alargadas por los neones se entrecruzan sobre el asfalto mojado. Aquí y allá los charcos de agua turbia multiplican cual espejos las vallas publicitarias que elogian un producto de limpieza desconocido para mí, o latas de paté para perros, o los servicios de una aerolínea, o Coca-Cola, sin alcohol pero también sin alma, que estropea los dientes e hincha la barriga. Sobre mi cabeza, centellean millares de fuegos pequeños en el cielo aterciopelado. Me da la impresión de que me acaban de arrancar de un sueño. Siento la lengua pastosa y dolorosa, como si se despertase el dolor de muelas de la víspera. Me pesa en el pecho algo que parece una piedra, que pesa como el plomo. Soy consciente de que tengo el cuerpo desgastado, percibo las varices, las hemorroides, las caries, el vientre de repente hinchado, la vesícula que me arde, las manos que me tiemblan como dos hojas en pleno viento del norte. Pienso en la ilusión embustera de la embriaguez, en la brevedad del olvido que ofrece. Vuelvo a coger el bolso de viaje y con paso vacilante me dirijo hacia las luces de la ciudad. Según camino pienso en Sartre, en Jean Cocteau y en Bernard-Henri Lévy. Pienso en nuestros queridos muertos, en la nueva ciudad que me promete frío y soledad.

Me detengo ante un bar del bulevar Raspail; entro y pido un café. En un rincón hay cuatro abuelas sentadas ante unas enormes jarras de cerveza. En la barra, dos borrachos con caras carmesí de payaso a los que el vino da locuacidad; conversan entre grandes gestos. En la mesa vecina a la mía hay un travesti en la treintena maquillándose con pintalabios y demás… Me sonríe.

Saco mi libreta y escribo. Con una fuerza desesperada, grabo estas palabras patéticas con urgencia, como si mi vida dependiese de ello: «El cielo es como es. La tierra también. Hasta la muerte. No hay grandes novelas, la condición del hombre es irrisoria. Una geografía vale por otra, un sueño y una vida igual. Sólo hay una verdadera historia. Las cosas duran más que las personas».

Miro el texto. No hay esperanza. La mayor parte de mis escritores preferidos saben cómo convertir en universal una tristeza corriente. Yo no. No soy más que un pequeño refugiado desnudo como un gusano bajo un cielo hostil.

Pago mi consumición y salgo al empedrado húmedo de la Ciudad de la Luz. No tengo idea alguna ni visión de París. Sólo tengo la extraña sensación de que esta ciudad carece de verdadero centro.

Doy algunos pasos titubeantes. Busco una señal, alguna referencia, y no las encuentro.

Por suerte, a unas centenas de metros más allá brilla la letra mágica «M».

Me quedo pensado un momento, como si estuviese a las puertas del infierno. El diablo se ocupa de nosotros, pienso, y nosotros de los demás.

Entonces me interno en la húmeda garganta del metro parisino.

13

La habitación que tengo en casa de Nikola «el yugoslavo» es un cuarto ciego, sin ventanas, con un colchón, un lavabo y una ducha con cortina, un horno microondas, una tele conectada a un vídeo y una montaña de cintas porno. Tiene el techo bajo (1,50 de altura como máximo) y es muy larga, como si desde el principio hubiese sido pensada para tareas en horizontal. Está situada justo encima de su imprenta y le sirve de lugar de encuentro con sus jóvenes trabajadoras, refugiadas exyugoslavas, búlgaras y albanesas. En realidad, la verdadera propietaria de la antigua imprenta es su mujer, la señora Bernadette. Una mujer desgastada por el tiempo y por una enfermedad sorprendente, una especie de rictus facial que le ha paralizado los labios en una media sonrisa, aterradora y sardónica. Tiene el cuerpo de un elefante bebé, la lengua de una víbora corsa y una voz fuerte y poderosa que oscila entre el bajo y el tenor dramático. No sólo es malvada, la señora Bernadette es mala. Mala con su marido, con las empleadas, con el panadero de la esquina, con el cartero...

Las consignas quedan claras:

—Mira, hijo —me dice Nikola—, es mi madriguera. Mi mujer no debe descubrirla a ningún precio. Así que sales de la habitación antes de las ocho de la mañana o no sales. Para nada.

Así pues, tengo dos posibilidades:

NO SALIR

El día de «no salir» se desarrolla del modo siguiente. Despertarse lo más tarde posible, lavarse rápido o nada. Raviolis cien por cien ternera o *cassoulet* cien por cien cerdo para desayunar. Después me tumbo y miro la impresionante colección de cine X del amigo Nikola. Hay grandes clásicos: *Das süsse Leben*, una peli alemana titulada en italiano *La Dolce Vita*, *Garganta Profunda* de Linda Lovelace, pero también obras menos conocidas: *La hermana Vaselina*, *Las suecas hacen dedo* o *Las tórridas noches de Copenhague*...

También puedo leer. Pero en lo tocante a lectura hay menos variedad. Puedo elegir entre las

Páginas amarillas y un viejo calendario Pirelli del año 86 con sus sempiternas señoritas. Así que me pongo a comparar a la señorita de enero con la de junio e intento recordar dónde estaba yo el 23 de marzo de 1986, por ejemplo. ¿En Sarajevo? ¿O quizá en Zagreb? ¿En mi casa natal? Seguro que no, por aquella época volvía a casa sólo en las vacaciones de verano, que eran largas.

La tercera solución es escribir.

Cuando cierra la imprenta, entre las siete y las ocho de la tarde, puedo salir por fin, pero estoy tan cansado de no hacer nada que me quedo en la habitación para escuchar la ciudad.

SALIR

El día de «salir» se desarrolla de la manera siguiente. Despertarse lo más pronto posible, lavarse rápido o nada. Raviolis cien por cien ternera o *cassoulet* cien por cien cerdo para desayunar. Después cierro bien mi escondite y bajo por una escalera liliputiense al patio.

El verdadero aprendizaje comienza en la calle. Para un inmigrante, las calles de París son obstáculos. La primera aventura: encontrar un dueño de bar simpático que te deje tomarte el café durante horas sin echarte. Esta primera disciplina exige una doble, por no decir triple, logística.

Para empezar, pedir el café en la barra, porque es más barato. Luego encontrar un taburete para sentarte con cuidado de mantener el aire despreocupado de un ciudadano normal, de un cualquiera. Poner de todo lo que es gratis (azúcar, leche, agua, cucharilla) en la taza para alargar al máximo el expreso. Administrarlo lo mejor posible. Un sorbo minúsculo cada media hora; luego espaciar progresivamente la consumición. Contar los cruasanes y los bollos de chocolate de la vitrina de la barra, escuchar fragmentos de conversaciones y mirar a los transeúntes por la calle. Esconder las manos de uñas sucias.

Pagar por fin el café y salir del bar lo más tarde posible, si es posible hacia mediodía.

Volver a caminar. Recitar, despacito, una cancioncilla infantil de tu país. Acechar a una señora negra, a una *mama* africana lo más gorda posible. Colarse púdicamente tras ella, respetando siempre la regla de Mehmet Bairami: donde ella haga la compra es el sitio más barato seguro. Comprar una lata de ensalada mexicana, encontrar un banco y comérsela rápidamente con la navaja suiza. Sentir un poco de vergüenza, abandonar rápidamente el parque y bajar a la primera boca de metro.

Mirar el plano de metro y transportes urbanos como si fueses a algún sitio.

Toser.

Y, como cada día hacia las cuatro de la tarde, posponer el suicidio para el día siguiente.

14

Ahora vivo en la plaza de Clichy, en una habitación de cinco metros cuadrados con la ventana abierta. Si la cierras se queda aproximadamente en la mitad. No resulta nada sorprendente, pues, que en esta mañana de febrero de 1993 me despierte convertido en gnomo. La luz del día, tímida y gris, parece ahogarse en las aguas fatigadas y estancadas del París invernal. La ventana queda lejos, muy lejos, y la cama parece una enorme balsa. Las sombras se han vuelto transparentes y ligeras como medias de seda sueltas un poco por todos lados. El armario es igual de grande que el pórtico de Notre Dame y mis zapatos, en el rincón, son dos grandes barcos fantasma, negros y amenazantes. Me levanto pensando en Gregor Samsa. El orden aparente de las cosas es perturbador, todo está como antes, sólo que yo, durante el sueño, he cambiado de tamaño. El mundo se despierta a duras penas, como si también le diese vergüenza estar enfermo y resacoso. Desde fuera me llega el rumor de la ciudad, parecido al zumbido de un enjambre de moscas. La humedad despliega sus manchas abstractas sobre las paredes, dibuja rosas de tallos fantásticos y flores que huelen a moho. El aire es translúcido. A mi alrededor un sol pálido coloca sus rodajas de luz naranja con tanta claridad que las veo verdaderas, casi comestibles. Intento recordar la noche de antes y todas las demás noches, pero no me viene nada a la cabeza. Cierro los ojos. Rezo:

–Santa Madre, Nuestra Señora de París y de Marsella, Nuestra Señora de la Puerta y de la Ventana, Virgen Santa de Roma y de Surinam, *la Nostra Signora del sole e della luna*, Santa Madre de los viajeros y vagabundos, Santa Margarita de Yourcenar, *Our Lady Queen of loneliness*, Nuestra Señora A Secas, Nuestra Reina, haga algo para que vuelva a recuperar mi tamaño. Y si lo hace, iré a encenderle una velita a Oscar Wilde.

Me he preparado mucho, una semana entera. Hasta he pasado por el peluquero, pero el resultado es decepcionante. Mi nuevo peinado de media melena no corresponde plenamente a la idea que tengo de mi cara. Me he convencido de que soy un poeta exiliado y hambriento, un hombre tenebroso y delgado, una especie de dandy superior y cínico. Sólo que mi nuevo peinado deja a la vista sin piedad alguna mis ojos arrugados, una naricilla ganchuda y una papada que oscila tristemente bajo el mentón, cual bandera del carnívoro que soy. Y no se ve más que eso, la papada. De frente, de perfil, sentado y andando, por los Grandes Bulevares o en los barrios, la papada.

Bueno, me digo, sigues teniendo los ojos azules, por lo menos.

Pero lo de los ojos es poco consuelo. Tengo la tez y el gesto, los pies y la cara de un campesino balcánico. Al acercarme al Père-Lachaise, me pregunto: ¿cómo es posible que un inglés, un italiano, un africano puedan tener fácilmente, sin el menor esfuerzo, pinta de poeta exiliado y tú no? ¿Por qué todo el mundo, Wilde, Gombrowicz, hasta Solzhenitsyn, tiene un nombre más fácil, más literario que el tuyo: ČOLIĆ?

La tumba de Oscar Wilde, llamada *Flying Demon Angel*, parece un monumento egipcio. Está cubierta de marcas de pintalabios, miles de bocas han dejado mariposas jugosas y obscenas en el mármol. De lejos podría pensarse en heridas ínfimas, llagas abiertas por una ráfaga caótica sobre la piedra gris. Me acerco y observo largamente el ángel geométrico con alas de arpa grande.

Enciendo la vela; su llama y su alma tiemblan débilmente. Es el momento de encontrar algo inteligente y solemne que decir, para convocar el espíritu de Oscar Wilde. Pero nada. Vacío, sin sustancia, observo el ángel de piedra, captado en el momento de la caída. Oigo la brisa que, con precisión de notario, cuenta las ramas desnudas de un árbol cercano.

Me fumo un cigarro, saludo al gran poeta y a través del metro Nation-Porte Dauphine me reencuentro con las cenizas de mi vida.

15

Estoy en la ciudad de las artes y las letras. Me paso los días escribiendo poemas en prosa y pongo fecha en cada página: París, Café du Sport, 14-01-1993; París, metro Porte-de-Clignancourt, 15-01-1993. De este modo tengo la impresión de formar parte de la gran fraternidad de escritores que han escrito sobre esta ciudad pulpo con el mismo sentimiento encontrado de esperanza y desesperanza, ambición y valor. El invierno de 1993 es suave. Se parece a una larga ristra de mañanas sin alegría y de días sin luz. Mi cuerpo inútil empieza a oxidarse. Estoy robotizado por el miedo, deshumanizado por la miseria. Soy un largo espectro débil y transparente colocado sobre la acera, un insecto nocturno que se consume a fuego lento, traicionado por el halo de las farolas.

José Miguel, llamado *el Mariposa*, vive en las brumas opacas de su locura situada entre dos mundos. Es un hombre que ronda la cincuentena, feo y desdentado, con las orejas puntiagudas de los lobos. La mancha de vino que tiene en la frente dibuja un continente insólito, una África larga como un cuerno de gacela, a veces oculta por un espeso gorro de lino.

–Tengo que ser invisible –me cuenta José Miguel–, un cualquiera, una sombra silenciosa sin peso y sin olor… Si no, cada vez que me trabajo a un turista, no se ve otra cosa: la puta mancha roja.

José Miguel va por la calle cantando con el paso ligero de los que viven sin preocupaciones materiales. Algunos sábados, después de pasar por los baños municipales, me fijo en sus camisetas americanas con las inscripciones maravillosas: *Las Vegas*, *Hello Mr. Durango* o *The Doors*.

Es el príncipe de los vagabundos y los escamoteadores, la caballería ligera que desvalija sin piedad y sin contemplaciones a los viajeros cansados del metro parisino.

A pesar de su fealdad poco corriente José Miguel se comporta como un seductor.

–He tenido entre cien y ciento cincuenta mujeres, luego lo dejé. Esas cosas son como el alpinismo. Escalas, escalas, y una vez arriba del todo, ya no sabes qué hacer contigo mismo.

Mariposa opera entre Châtelet y Place d'Italie, entre las escaleras de Montmartre y el Campo de Marte. En ese cuadrado mágico me enseña un montón de cosas: el coraje desesperado de quien no tiene nada que perder, las siete tristezas de quien ha perdido su patria, la clasificación de los sueños y algunos gestos esenciales para deslizar la mano en bolsillo ajeno.

–La gente como yo –me dice– está hecha de carne y de sangre, de unos cuantos litros de agua, de un poco de calcio y de una fibra milagrosa llamada coraje.

A pesar de sus inestimables consejos mi carrera de ladrón es breve. Tres libros de bolsillo (*Palabras* de Jacques Prévert, *El libro de arena* de Jorge Luis Borges y *Adiós a las armas* de Hemingway), un fular con flecos de estampado animal (leopardo), un mechero verde fluorescente, cuatro o cinco bolis y una figurita de resina fantástica: el hada Clochette con una varita mágica en la mano minúscula. Lo demás me cuesta demasiado. En muchas ocasiones doy vueltas alrededor de unas tarrinas de yogur o de una tableta de chocolate. Me tiembla la mano mil veces, vacilo ante una lata de paté o un tarro de pepinillos; nunca he conseguido robar comida.

16

Me pongo primero los calcetines grises, finos, casi transparentes, luego unos blancos y para terminar los más elegantes, los negros. Luego el primer pantalón, beis, el segundo, un vaquero grande lavado a la piedra que se aprieta con un cinturón tipo *western* con unas cuantas tachuelas y un poni en la hebilla. La parte de arriba es un poco más clásica: tres camisetas, dos negras y una que antaño fue blanca, la primera camisa, la de cuadros, mucho más pequeña, la segunda, que es verde fluorescente y está un poco desgastada, y por encima mi bonito jersey naranja XXL. Con un enorme copo de nieve, una estrella geométrica, en el pecho. En cuanto al calzado, puedo elegir entre mis zapatillas de deporte yugoslavas, muy cómodas, sí, pero agujereadas, o mis botas de senderismo, amarillas y grises.

Los bolsillos interiores de mi chupa de cuero de imitación se comunican. Si por la mañana dejo una moneda en el izquierdo, no tiene pérdida, la encuentro por la tarde en el derecho. Una mano anónima ha recortado la falsa seda interior hasta dejarla hecha jirones y ha añadido unas quemaduras de cigarrillos. Probablemente, en otra vida, mi chupa sirvió como cenicero.

Nunca llevo la cabeza cubierta. Estoy demasiado orgulloso de mi nuevo peinado, conocido como «jugador de fútbol de Alemania oriental» o «la nuca larga». Bien despejado alrededor de las orejas, pelo largo por atrás y un enorme mechón delante.

Las gafas de sol están hechas de un material que no soporta el calor. Aun bajo un pálido sol de otoño se funden y cambian de forma. Se diría que llevo en la nariz los famosos relojes blandos del maestro Salvador Dalí.

Hace tantísimo frío en mi cuarto que me dejo los calcetines puestos para ducharme.

Uso tan poco dentífrico para lavarme los dientes que parece una limpieza en seco. Llevo el desodorante *Agua parisina*, es decir, agua del grifo, y perfume belga. Antes de salir, me rocío con unas gotas de cerveza detrás de las orejas.

Hago inventario:

Me visto en Bene & Ficencia, tengo PDF (Puntualmente Domicilios Fijos) o QDF (un Quintal de Domicilios Fijos), estoy todo el rato muerto de hambre y de frío, no hablo bien francés y mi país sigue en guerra, pero me parece que aún estoy vivo.

Cuento los pasos al caminar. Entre mi habitación y el metro, entre un barecito –donde me tomo un expreso sucio y templado– y el busto del mariscal Moncey, defensor de París, estoico en su inmortalidad. Cuento las baldosas también. Les sumo los quioscos y las tiendas, los buenos días sin respuesta de los transeúntes, los rostros sin sonrisa.

Mis vagabundeos por París, ciudad de la sombra, están bien organizados. Exploro las paradas. Las de la línea 4 del metro: la glacial estación de París Norte, a la que llamo «París qué Corte», la de París Este y mi preferida, la estación de Montparnasse y su panel de «salidas» con la retahíla de ciudades lejanas, exóticas.

¡Mira, Burdeos! También es una ciudad, no sólo una etiqueta en las botellas de tinto.

Escojo siempre la hora punta para pasearme por el metro. Elijo el vagón más abarrotado. Me sumerjo en el millar de cuerpos como si entrase en la verdadera vida, bien definida y carnal. Atascado entre los demás busco, y durante un momento encuentro, la prueba de que estoy vivito y coleando, de que ocupo espacio, de que me muevo, de que mi soledad puede ser también banal y como de barrio.

Me detengo ante las panaderías, con cruasanes que parecen pescados asados. Ante las tiernas barrigas y los cuerpos paliduchos de los animales expuestos en las carnicerías. Ante el músculo desgarrado, cortado con precisión quirúrgica, de una ternera magnífica, un semidiós griego al que sacrificaron en algún lugar lejano y transportaron hasta aquí en la cámara frigorífica. Tampoco entro nunca en las librerías. Observo las bellas cubiertas blancas y amarillas, me imagino formando parte de ese mundo tan excitante, literario. Esas cubiertas esconden las historias luminosas e importantes, las observaciones lúcidas de los verdaderos escritores: los escritores viajeros, los escritores comprometidos y hasta los escritores exiliados reconocidos.

Descubro sorprendido la miseria, los rostros de los mendigos, la malformación y la fealdad. Los huesos rotos y las bocas desdentadas. Un olor particular, mezcla de varias capas de sudor y de tabaco frío. Descubro el universo invisible de los hombres-insecto. Me detengo aterrado ante los enormes noctuidos: uno parece una mantis religiosa de ojos acuosos; otro, un hombre negro, me recuerda a una cucaracha aplastada y malvada. Más allá, ante las puertas del supermercado, duerme un coleóptero grande y perezoso. Mi imaginación febril transforma poco a poco los empedrados de París en un carnaval de malditos, en un cuadro de El Bosco, inquietante y apocalíptico. Incluso las demás personas, que no son vagabundos, adoptan forma animal. Una burguesa garduña, un vendedor árabe castor, algunos pájaros y muchos perros y gatos. Un verdadero zoo donde yo soy un búho, febril y sin alas, enclenque e inadaptado.

Mi otro descubrimiento es el cine. Una sala pequeña, cerca de Montparnasse, pone varias veces a la semana *Los diez mandamientos*. Con sus tres horas y cuarenta minutos, es la mejor relación calidad-precio que se puede encontrar en invierno. Me acomodo en la pequeña sala polvorienta y me duermo tranquilamente ante el gran fresco de Cecil B. De Mille, ante la larga barba de Moisés, indiferente a los milagros realizados por el Dios único y probablemente católico. Es una sensación de lo más agradable: la gran tela que le da el segundo plano a mi sueño, un ruido de fondo tranquilizador que me protege de mis propias pesadillas. A veces opto por otra película, *La naranja mecánica*, pero es más corta (ciento treinta y siete minutos), más ruidosa y a veces incluso más interesante que mi preferida, *Los diez mandamientos*.

17

Mi antiguo vecino Omer y su mujer, a la que llaman «tía» Minka, viven temporalmente desde hace varios meses en la plaza de la República. Omer, que era amigo de mi padre, trabajaba antes de la guerra como mecánico, durante la guerra fue combatiente y hoy es refugiado en París. A veces hace de portero del edificio. Tras una apariencia normal se esconde un poeta del gesto, un cuentista y un mentiroso nato. Lleva el corazón en la mano y desprende una bondad simple y bosnia. Gran cantante de *sevdah* y fiel a sus amigos, en Modriča, nuestra pequeña ciudad con tres mezquitas y dos iglesias, se le conocía como Omer *el Billetes*. Su apodo es la prueba definitiva de que es un hombre al que conviene frecuentar.

Yo lo visito dos veces al mes.

Nuestro ritual bimensual comienza siempre en el bar. Nos pedimos unas cervezas de medio litro, al estilo eslavo, jugamos unos cuantos «rascas» sin éxito y luego nos vamos de compras. Omer sabe dónde se puede encontrar una cabeza de cordero entera (ojos incluidos) y tarros de *ajvar*, el delicioso puré de pimientos. Al final pasamos por el proveedor oficial de *slivovitz* bosnio. Siempre compra dos botellas.

–Primero una –dice–, luego su hermanita.

De regreso nos paramos en otro bar. Unas cuantas cervezas rápidas en la barra y una discusión obligatoria sobre la guerra, la vida y nuestros queridos muertos.

–Ya ves, hijo –me dice–, que no bebo más. Ni menos tampoco.

Luego cogemos las bolsas de provisiones y salimos del bar.

Omer y Minka viven en una entreplanta. En algún lugar entre la bodega y el primer piso de un edificio con clase, grande y haussmaniano. Es un lugar oscuro y húmedo con ventanas cegadas que por un lado dan a la pared, a una fachada gris y desvencijada, y por el otro a una calle constipada y fea. Las paredes rezuman hasta tal punto que el papel pintado sin color definido se despega inexorablemente, dejando a la vista el cemento bruto con rastros de cola reblandecida.

Su mujer ha decorado esa cárcel como mejor ha podido. Ha colgado una araña de cristal falso desmesuradamente grande, un tapiz folclórico de los Andes, y ha desperdigado a diestro y siniestro algunas postales. Madrid y Berlín, Offenburg y Estocolmo, el lago Balatón de Hungría y la capital croata, Zagreb. Al entrar en su casa se descubre una tristeza fugitiva que dura; se entiende que la tía Minka y Omer son, igual que mi familia y yo, víctimas de la lúgubremente famosa limpieza étnica.

Su hijo, un poco más joven que yo, desaparecido en 1992, me sonríe desde una foto ampliada y colocada sobre la televisión. Con el pelo rapado a lo militar y un poco rechoncho, como su padre, lleva con orgullo el uniforme del Ejército Federal Yugoslavo. Que lo matará apenas un decenio más tarde. La mano del fotógrafo anónimo ha añadido una fecha insignificante para nosotros, pero preciada para el joven soldado: 06-10-1985.

La cocina de la tía Minka es un milagro. Como buena maga que es, asa los pimientos con ajo, prepara su famoso *burek* de carne, su *sogan dolma* (cebollas rellenas) y sus sopas multicolores: la roja, de tomate, la *chorba de bey* con nata y la sopa verde de puerros. Sobre la mesa de la cocina hay siempre al menos tres kilos de harina dispersa en varias capas, una botella de aceite y un tarro grande de sal.

–Los vecinos se quejan –me cuenta en una ocasión– de que hacemos demasiado ruido, de que apestamos a ajo y de que ocupamos demasiado espacio…

No digo nada. Me pregunto cómo se puede ocupar demasiado espacio en un apartamento de unos cuantos metros cuadrados.

Nos acomodamos en el saloncito y sacamos nuestros manjares, la cabeza de cordero, que se ha puesto casi violeta, el puré de pimientos y las dos hermanitas.

Es una señal para su mujer. La tía Minka reniega y desaparece en otra habitación.

Vuelve con una maleta enorme.

Me siento un poco violento:

–¿Se va usted?

–Qué va, es para él. Cada vez que se emborracha Omer quiere volver a casa, regresar a Bosnia. Y siempre me despierta a las tres de la mañana para que le prepare la maleta. Luego se larga, duerme la mona en algún sitio y vuelve. Pues he decidido prepararle la maleta desde el principio. Así puedo dormir tranquila.

Mientras se asa la cabeza de cordero atacamos la primera botella. Brindamos y hablamos de la guerra.

–Un buen día del verano de 1992 –narra Omer–, me paro con mi amigo Asim *el Buceador* en un puente viejo de madera para descargar el vientre. Y justamente en ese momento al ejército serbio le da por bombardear el puente. Llovían los obuses y nosotros en tierra, con los pantalones bajados, evacuando. Entonces le pregunto a mi primo: «¿Tienes miedo?» y me contesta: «Qué va, para nada. ¿Por qué?». Y voy yo y le digo: «Pues si no tienes miedo, ¿por qué estás intentando limpiarme el culo?».

–Qué gracioso –replica la tía Minka–. Con soldados así no es raro que hayamos perdido la guerra.

–Otra historia verdadera –añado yo–; en plena guerra entra el ejército serbio en una casa bosnia. Y se encuentran sólo a una abuela sentada junto a la ventana. «Oye, vieja», le dice el comandante, «dime rápidamente dónde está tu hijo.» Y la abuela le contesta: «Dónde está tu hijo, dónde está tu hijo, dónde está tu hijo… ¿No voy lo bastante rápido? Porque puedo acelerar más: dónde está tu hijo, dónde está tu hijo, dónde está tu hijo…».

La segunda botella la reservamos para las historias de exilio. Omer me cuenta, como siempre, su larga travesía: Croacia, Hungría, algunas semanas en un campo de refugiados de Alemania y, finalmente, la milagrosa llegada a Francia.

Después de medianoche Omer nos pone la cinta de Šaban Bajramović, ilustre cantante gitano, gran conocedor de la tristeza de quienes están en el camino. Y cantamos a voz en cuello «*Djelem, djelem, maladile bastale romenca*», y el hombre dulce de mi país y yo brindamos una y otra vez.

En esos breves momentos de embriaguez me da la sensación de que hasta el exilio puede tener un rostro humano, de que Dios existe, de que todo va bien y de que nuestra estrella bosnia, bella y buena, sigue velando sobre nosotros.

18

Y aquí estoy, en el andén de la estación de Estrasburgo, invitado y salvado por el Parlamento de Escritores. Estoy cansado, no entiendo nada, y menos todavía el tener que instalarme dos veces en el estudio de la calle Maire-Kuss, a varios centenares de metros de la estación. La primera vez de verdad, con las tres bolsas de viaje (dos grandes y una muy grande), la máquina de escribir (por suerte portátil) y el grueso abrigo de invierno (por desgracia verde y amarillo) a la espalda. La segunda vez, para satisfacer la necesidad de un equipo de la tele (France 3 Toulouse) que está rodando un reportaje sobre mí. La periodista, una morena guapa, tiene sus propias ideas sobre la mudanza.

–Sales de la estación –me dice– y te coges un taxi.

–Pero si mi estudio está a doscientos metros –protesto débilmente.

–¿Y qué? Sales de la estación y te coges un taxi. Una vez en el coche te pones a hablar con el conductor.

–¿De qué?

Se detiene y me clava la mirada.

–¿No has cogido nunca un taxi? Para que sea más verdadero, más natural, te pones a hablar un poco con el taxista…

–Nunca cojo taxis…

–Bueno –responde–, cambiamos. Sales de la estación, te coges un taxi y no le dices nada al conductor.

Pese a las pocas cosas que hay que transportar, la doble mudanza nos lleva toda la mañana. La periodista quiere a toda costa que deje mi bolsa al entrar y abra la ventana. Pero no soy capaz. La ventana tiene una manilla rarísima, incomprensible para mí. Ensayamos cuatro veces mi llegada y a la quinta vez, por fin, consigo abrir la puñetera ventana. Y me corto en la mano.

Después me graban delante de la catedral, en la calle Écrivains (la calle de los escritores; la periodista está contentísima de su hallazgo), ante el busto de Gutenberg y en la barra de un bar americano en el barrio histórico de Estrasburgo.

Aprovecho la ocasión para tomarme unas cuantas cervezas a cuenta de France 3 Toulouse.

Al mudarme a mi estudio de Estrasburgo redescubro el espacio. Creía que ya no existía tal cosa. El techo alto y el baño privado, la cama no metálica y el agua caliente. Descubro también el olor sano de una habitación aireada, el silencio de las escaleras después de las diez de la noche. El milagro de abrir o cerrar el grifo con un gesto simple de la mano, encender o apagar la luz o ver los concursos familiares por la mañana temprano en la televisión francesa. Caminar sobre un parqué nuevo, sin mirar dónde pones los pies. Abrir la ventana y ver el cielo, tener un buzón y un timbre en la puerta. Estoy contento.

Si la cosa sigue así, hasta puede que un día sea capaz de coger solo el ascensor.

19

Mi máquina de escribir es una magnífica Olivetti, blanca y portátil, con el alfabeto serbocroata y una cinta bicolor, roja y negra. Sentado sobre la cama, la coloco sobre la silla y me pongo
a teclear. Es una música muy bonita. Tengo la
sensación de que una lluvia de palabras cae sobre el papel, de que un enjambre de abejas particularmente inteligentes zumba en mi habitación. Mis libretitas toman otra forma, más seria,
más organizada. Es otra cosa tener las hojas nu-
meradas, llenas de mis propias frases. También
tengo *tippex* de la marca Frappe, un líquido espeso y blanco, y dos paquetes de quinientos fo-
lios cada uno tranquilamente colocados a los pies
de la cama. Como un pianista tenaz, me paso doce horas al día tecleando, convierto la sombra de
mis dudas, mi escritura febril, en una maravillosa danza mecánica. Prodigiosamente, me siento

más concentrado, más interesado por la escritura. Hago un ruido de tac tac tac tac como si quisiera decir: «mirad, estoy vivo». Me he enamorado de esta mecánica, me da la sensación de que hay una cucharita que coge cada letra y las deposita una tras otra en el infinito tapiz de mi texto. Descubro mi texto y mi aliento. Me parece que soy más clarividente, menos triste, que el pequeño lapso de tiempo que transcurre entre tecleo y tecleo da un ritmo maravilloso a mi obra naciente. Me imagino que en el vientre de mi Olivetti se esconde un pulpo bienhechor de mil patas, al que llamo Hamsun, y que cada barra de tipo es la yema de mis propios dedos. Tecleo fuerte, la máquina no deja de sobresaltarse. Cada equis tiempo meto una hoja de través, pero en general se trata de una hermosa simbiosis entre el hombre y la máquina. Hamsun y yo formamos una pareja perfecta. Estamos hechos el uno para el otro.

Al cabo de cuatro largas noches sin dormir ya llevo un centenar de páginas. No hay nada que corregir, nada o casi nada que reescribir, cada frase ha quedado como grabada en la piedra.

El quinto día me detengo y leo el texto.

El regreso a la realidad es duro. Mi novela es triste, no tiene ni pies ni cabeza. Recuerda a una larga letanía, a un dolor indomable y rígido que se niega a convertirse en literatura. Rasgo el manuscrito página a página, metódicamente. Luego retomo y vuelvo a hojear mi diario de guerra.

Tengo la impresión de que no he sido yo, sino otro hombre-soldado el que ha llenado esas páginas a escondidas, con mano temblorosa y en letras mayúsculas como si quisiera subrayar la importancia del momento sobre un papel ya amarillento y viejo. Ante mí desfilan las frases y los dibujos desprovistos de sentido, una hierba silvestre prensada, algunos textos casi concluidos, los minúsculos epitafios, las estelas torpes, casi todas con fecha y firma, como si en cada ocasión hubiese escrito mi propio testamento. A la luz tuberculosa de mi habitación leo:

CREER EN LA LITERATURA

Dios crea ex nihilo *y nosotros a partir de ruinas, dijo en esencia Jorge Luis Borges. Siempre según Borges, el escritor es una especie de testigo. De conciencia de la humanidad.*

Se han escrito libros tras el gulag, tras Hiroshima, tras Auschwitz, tras Mauthausen...

¿Se puede escribir después de Sarajevo?

¿Para describir una destrucción que participa de lo irreal, para evocar el carácter luminoso y sagrado del sacrificio de las víctimas?

Como ya se sabe, como se ha repetido desde hace mucho, el poeta se encuentra ineluctablemente entre los hombres para hablar del amor y de la política, de la soledad y de la sangre derramada, de la angustia y de la muerte, del mar y de los vientos.

Para escribir después de una guerra, hay que creer en la literatura.

Creer que la escritura puede volver a accionar mecanismos que se han apartado al recurrir a las armas.

Que puede devolver el horror, incomprensible e inexplicable, a la medida humana.

Curiosamente no siento nada. Sólo recuerdo la mañana serena en las trincheras en la que escribí aquellas palabras. Recuerdo el rocío de la mañana y una pequeña bruma dormida y fresca que descendía suavemente de la montaña. Recuerdo mi Kaláshnikov AK-47, colocado a mis pies, mi uniforme verde y caqui, la piel, que se habría podido confundir con papiro, de mis manos estropeadas. Recuerdo el fango en la trinchera, unas raíces dibujan una cartografía excéntrica, una geografía subterránea, lívida. Recuerdo que, a mi lado, un soldado duerme sentado sobre el casco, y otro, un poco más lejos, escucha un transistor a pilas tan desgastadas que apenas consigue producir un sonidito que se aproxima al murmullo. Tengo la misma libreta sobre las rodillas y escribo. Sé que la guerra es todo salvo la literatura, que la construcción y la deconstrucción son los dos aspectos contradictorios de la naturaleza humana, que un bolígrafo es sólo un símbolo y nada más ante los fusiles y los cañones.

Vuelvo a cerrar mi cuaderno y me planto de nuevo ante la máquina de escribir.

Es una mañana cálida, casi calurosa. Sudo. Deslizo una nueva página blanca en la máquina. En todas partes del mundo es primavera. Salvo en mi cuarto. En mi estudio de la calle Maire-Kuss hay guerra. El gran reloj del tiempo no puede hacer nada.

Vacilo un pequeño instante, luego escribo el título: *Los bosnios.*

20

Cada mañana salgo del estudio y voy al bar de la esquina para mirarle las piernas a la camarera. Me coloco siempre detrás de la misma mesa y pido para empezar un expreso doble. Cuando me lo sirven saco el manuscrito, y en lugar de escribir lo lleno de diversos dibujos. Dibujo ángeles minúsculos a la manera de Paul Klee mientras le miro las piernas a la joven camarera. Con el paso de los días empiezo a conocer mejor que nadie sus rodillas, sus gemelos, una incipiente variz azul. En los momentos de vacío, sin clientes, sentada delante de la barra, me deja ver la ternura de sus muslos. No me muevo. Me quedo paralizado ante la simple idea de acercarme a una mujer. La miro y ella acepta y guía nuestro jueguecito. De vez en cuando lame lascivamente una cuchara, de vez en cuando se cruzan nuestras miradas en el gran espejo que hay tras la barra… Me quedo petrificado e inmóvil.

Es rubia como el verano, bastante alta y elástica. La falda negra y estricta deja ver una hermosa dinámica muscular. Es joven y me parece que aún es capaz de enamorarse. Lleva unas camisas blancas sin abrochar de lo más bonito. Asume completamente su feminidad mientras se desliza entre las mesas apretujadas, me recuerda a mi primer amor, a la bella escandinava de mis sueños. En su cabello se refleja una luz amarilla, casi naranja, y tras ella huelo un perfume primaveral, simple, con un eco lejano de jazmín y de rosas silvestres. Tiene algunos rasgos de muchacha eslava. En mis sueños y en mi manuscrito la llamo Dunia. Un perfil noble y unos ojos de pupilas pesadas, una cierta dureza que se ha apoderado del borde de sus labios. Se ríe con todo el cuerpo y la cabeza echada hacia atrás, baila sólo para mí y para nuestro jueguecito. La observa un hombre joven, se siente halagada y a veces me recompensa con nuevos detalles de su anatomía: un lunar que duerme profundamente entre sus pechos, la seda madura de su vientre cuando se estira para coger una botella de la estantería. Dunia se ha convertido en mi Muro de las Lamentaciones, la Jerusalén de mi embriaguez, el apetito carnal nocturno y la culpabilidad del alba, el miedo inexplicable a la mujer y la alegría de vivir…

No sé muy bien cómo, pero la deseo «de otra manera».

Me traicionan mis manos temblorosas; me escondo tras el alcohol y las gafas negras. Me siento al mismo tiempo fascinado, atraído por la joven e intimidado, incapaz de hacer un solo gesto o pronunciar aunque sea una palabra.

Busco, en vano, la respuesta en la literatura, en el ámbar de mis incontables cervezas. Comparo mi soledad y mi incapacidad de vivir normalmente con las páginas de los grandes escritores. Pero nada, ni rastro de respuesta en los libros.

Una mañana de abril llego justo antes de que abran el bar. Me encuentro a Dunia en los brazos de su jefe. Su mirada, por encima del hombro del tipo, está vacía y tiene la hermosa boca adornada con una nueva arruga. Amarga y triste.

Es la constatación: me llamo Caballero de las oportunidades perdidas. Las mujeres guapas vienen, me ven y se van con otros.

En el impulso del momento tomo una decisión importante. Cruzo la calle y me planto en un café donde me servirá un señor gordo con bigote. A partir de ahora, ése será mi bar preferido.

21

Descubro en el frigo un tarro de pepinillos, una loncha de jamón que se ha puesto dura y un vago recuerdo de mantequilla colocada en la tapa de plástico de una lata. La mañana ya está avanzada, tengo hambre y tras una larga observación deduzco que tengo casi todos los elementos para hacerme un bocadillo. Sólo me falta el pan. Y dudo. ¿Cómo se dice en francés: *le pain* o *la pain*? Me enfado. Según todos los indicadores hablo muy buen francés y lo entiendo todo, y de repente tropiezo en una palabra banal y ordinaria: *¿la pain* o *le pain?*

Me pongo dos –la amarillo pollo y la azul– de las tres chaquetas posibles, la bufanda larga, la «lapona», en el cuello, las botas de ante y salgo con el mismo dilema en mi pobre cabeza: *¿le pain* o *la pain?*

Fuera, en las calles de Estrasburgo, la primavera añade generosamente colores vivos: verde

125

clorofila por aquí, una bonita falda roja por allá. Yo, constantemente habitado por mi «frío metafísico», aprieto los puños en los bolsillos. Aun así, un poco mejor vestido puedo pasar por alemán o belga, más seguro de mis pasos me parezco a cualquier turista. Camino lentamente maldiciendo al ejército serbio, a mí mismo, a la increíble lengua francesa, tan extraña y dura como la caligrafía china. Vacilo ante una panadería. De repente se me ocurre una idea genial: ¿y si fuese al supermercado, donde se pueden elegir los artículos en *self-service*?

Animado, continúo la búsqueda y cuando llego a la plaza Kléber subo al tercer piso de unos grandes almacenes. A mi alrededor se expone el capitalismo en todo su esplendor: especialidades italianas, un poco más lejos los *nems* asiáticos, detrás una operación mexicana con platos (Enchilada, Cordita, Corunda) con nombre de mujer, luego la cocina de Alsacia…

Ni rastro de panadería. Me empieza a entrar el pánico. Voy a tener que preguntarle a alguien y elegir de una vez: ¿*la pain* o *le pain*?

Una señora redondita y alsaciana, a todas luces una empleada de los almacenes, pasa cerca de mí. Se parece a una de mis tías. Tiene el rostro relleno, una melena descolorida, un torso generoso y las piernas cortas. Se mueve con una seguridad serena, rutinaria. Unos cuantos años más y luego la jubilación.

Me decido.

–Buenos días, señora –le digo–, *la pain...* Comer. *La pain...*

Se detiene, levanta la cabeza hacia mí. Veo que una sombra de miedo atraviesa su mirada («¿Quién es el cosaco este?»). Al momento siguiente se deshace en sonrisas, como buena profesional. Yo sigo llevando mi corte de futbolista de Alemania oriental y una larga barba. Todas las camisas, chaquetas y bufandas que llevo me hacen parecer un cavernícola.

–¿*La pain*? ¿Quiere comer *la pain*?

–Sí, sí, por favor, señora.

Me hace señas para que la siga. Estoy orgulloso de mí. Esto es la confirmación de que me expreso perfectamente en francés y de que soy más listo e inteligente de lo que pienso.

Se me borra la sonrisa en el momento en que me muestra la carnicería.

El pobre animal despiezado preside desde las alturas. Un Bugs Bunny que esta vez ha perdido su eterno duelo contra el cazador calvito. El animal cuelga suspendido cabeza abajo. En sus ojos, de un negro absoluto, se cristaliza toda la luz artificial de ese templo del consumo. Millares de destellos, fríos como la muerte.

–No, señora, digo, no *lapin, le pain*.[1] Comer pan.

–Ah –contesta con una sonrisa–, ¿la panadería? Está en el primer piso.

–Gracias.

Así que bajo por la escalera mecánica al primer piso y me compro una *baguette*.

[1] En francés *lapin* (conejo) suena muy parecido a *la pain*. (N. de la T.)

22

El 13 de mayo de 1993 mi cartilla militar se convirtió en libro: *Los bosnios (hombres, ciudades, alambradas)*. Al día siguiente, en la ventanilla de Correos, saco mil francos.

–Le quedan cuatro francos y medio en la cuenta, señor –me informa la señora.

–*Nema problema* –replico en mi lengua.

Cojo los billetes y salgo al mundo de verdad y a la vida de verdad.

Toda la ciudad de Estrasburgo está a mis pies. Etéreo y vivo, animado gracias al dinero que llevo en el bolsillo, revoloteo alrededor de la catedral rosa, me detengo ante las tiendas de lujo, sorbo un café en la casa Kammerzell. Miro a las mujeres; sobre las callejas del centro se abate un verdadero tsunami de cuerpos perfumados y elásticos. Son todas tan guapas en esa mañana particularmente dulce y soleada. Pido un chucrut de pescado, pero no lo toco. Me termino el café y me miro los pies. Las botas, que antes eran negras, se hallan en un estado calamitoso. No me acuerdo dónde las compré. Me pregunto: ¿se puede decir también que los zapatos son «de segunda mano»? ¿O son «de segundo pie»?

Me dejo llevar y me compro un par de zapatos, los primeros de Francia, y un cuaderno de Moleskine, prueba definitiva de que me he convertido en un escritor de verdad.

Esa misma noche me emborracho en el Café de l'Opéra.

Sentado como un pachá tras la barra, me presento al barman como HB.

–¿Sabe usted, amigo, que soy HB? ¡Nada menos que el Hemingway Bosnio! ¡Cuidadito conmigo!

El bar está tranquilo, una música dulce y almibarada remolinea en el aire, todo está en su sitio, la vida, en el exterior, es probablemente una locura cruel, pero aquí, en el Café de l'Opéra, estamos a salvo.

Hay una mujer guapa sentada delante de un *dry martini*.

–Uno se hace cristiano al ser vencido –digo armándome de mi mejor sonrisa–. ¿Qué bebe la señorita?

—Casi de todo —me responde una voz metálica—, pero no con cualquiera…

—Escuche —replico con asombrosa elocuencia—,
si bien el dinero no compra el amor, facilita en gran
manera las negociaciones.

Me lanza una mirada de boa constrictor, coge su
copa y se marcha al otro lado de la barra. Lleva un
vestido negro de verano que deja ver unos hombros
perfectos y una espalda bella como una promesa.

Pago una suma ridícula (para el escritor de éxito en el que voy a convertirme) y salgo a la noche
malva y tibia, casi cálida.

Me enfrento a las calles de Estrasburgo con una
mirada más sombría que a la ida. Mis pasos resuenan con pesadez, como multiplicados por un
excéntrico espejo sonoro. Mi sombra se inclina a
la derecha.

Al entrar abro la única ventana. Abajo, una bruma lúgubre ahoga el ruido y la luz de la ciudad.
Sudo. ¿Cuántos miedos, cuántos años malos y difíciles, cuántos inviernos helados, cuántas andanzas me quedan aún por vivir? Un insecto nocturno
avanza por el cristal con la seguridad de quienes
conocen el camino, haciendo ruido con las pati-
tas. En un acceso de furia idiota lo aplasto, lenta
y sádicamente, con la palma de la mano.

Ya un poco más despejado, voy al cuarto de baño y me lavo las manos. Observo largamente mi rostro en el espejo. Los ojos enrojecidos, la papada que se bambolea tristemente, una barba clara, casi pelirroja, y un peinado patético detenido para siempre jamás en los años ochenta. Apago la luz, la vuelvo a encender. La decepción es mayúscula. El rostro carnoso, las dos ojeras violetas bajo los ojos, la nariz puntiaguda y la sonrisa congelada y amarilla no corresponden para nada a la idea que tengo de mí mismo.

En vano; cuanto más observo, más claro está. No hay ni rastro de Hemingway en mi cara.

Sigo siendo aún, definitiva y desesperadamente yo.

Pero más borracho.

23

Mi reencuentro con el metro de París es funesto. Nada más poner el pie allí, antes incluso de bajar a la boca del monstruo, siento miles de hormigas en la espalda. Al principio es sólo un picoteo, luego una molestia más fuerte, como si te frotasen una ortiga por todo el cuerpo. Durante el transporte intento tocar el menor número de cosas: la manilla de la puerta o incluso la barra de sujetarse. Leo el nombre de las paradas, Étienne-Marcel, Les Halles, Châtelet, como un colegial que repite el nombre de las grandes batallas. No me ha entrado el pánico; estoy incómodo pero lúcido. Me siento como un peso más que sobrecarga y ralentiza el Leviatán subterráneo.

Mi editor es un hombre agradable. Lleva un abrigo corto, beis, una chaquetilla de un color indefinido y una camisa blanca que huele a limpio, lo adivino. Habla mucho mientras comemos en el corazón de París, en La Rotonde. Por precaución, aunque creo que va a invitarme, elijo los platos menos caros. Tras habernos bebido dos vasos de vino tinto firmo un contrato de exclusividad para los próximos tres libros.

–Si seguís a golpes por allí –dice contento–, tenemos todavía unos cuantos libros por delante.

Bebe un sorbo minúsculo y añade:

–Para el siguiente libro hay que meter aún más masacres de civiles. Lo de los civiles siempre funciona bien, viejos, mujeres y niños destrozados…

–Los muy cerdos –replico con un suspiro– son capaces de todo. Hasta de firmar la paz cualquier día.

–Bueno –dice con una sonrisa–, todavía no hemos llegado a eso.

Quería acostarme con una amiga, pero al final sólo me acuesto en su casa. Sin embargo, al entrar en su deteriorado estudio parisino tengo el presentimiento de estar entrando en su cama.

Está decorado al estilo indio, con un buda barrigón y calvo de resina marrón, unos elefantes y el póster grande de un monasterio tibetano. Es impresionante; ha conseguido meter una cama grande, un sofá, dos estanterías y ciento cincuenta cojines pequeños en un espacio que más parece un ascensor que una habitación de verdad.

Saco de mi bolso una botella de vino y un libro.

–*Siddharta* –explico–, la novela filosófica de Hermann Hesse.

–Gracias –dice.

Su recibimiento y su sonrisa son un poco fríos para mi gusto.

–Burdeos –añado–, el vino mítico del sudoeste.

–Claro –replica–, vamos a tomar una copa.

Está sentada muy cerca de mí, por falta de espacio. Cada vez que coloco el vaso sobre una especie de puf indio le rozo la rodilla con la mano, pero es como si tocase la superficie lisa de un espejo. Resulta fría, insensible. Quiere que hablemos del mundo y de la literatura. Yo, por mi parte, soy más prosaico; sólo quiero estar con una mujer.

–*Mudha* –me dice.

–¿?

–Este *patchwork* de algodón –explica con una sonrisa– se llama *mudha* en India.

Me callo. No quiero añadir que esa misma palabra, fonéticamente, quiere decir «testículos» en serbocroata.

Cuando cae la noche comemos algo sin color ni sabor, pero sano y equilibrado.

Luego me prepara un saco de dormir.

–Buenas noches –me dice acostándose en la cama grande, vestida sólo con una luz azul.

–Buenas noches –respondo cerrando la gran serpiente de la cremallera de mi tumba casta y sintética.

Me han invitado a la radio al día siguiente, a France Culture, con un gran filósofo francés. Él se ha llevado al estudio una quincena de libros, Heidegger, Kierkegaard, Husserl, unos manuscritos, un peinado bohemio y unas gafas que se le resbalan todo el tiempo por la nariz. Yo, por mi parte, sólo tengo un libro de bolsillo, Primo Levi, *Si esto es un hombre*, y mi diario de guerra, unos centenares de páginas con una cubierta banal y gris.

Me siento orgulloso y triste a la vez. Orgulloso porque un gran filósofo muestra interés por mí y por mi librito; triste porque mi país está «muy de moda». Los grandes espíritus de nuestra época y los militares, los políticos y los politicastros, los humanitarios y los gurús, todos muestran interés y se entrometen en el destino de mi pobre y martirizado país. En cuanto empieza el programa el gran filósofo hace de gran filósofo y yo me pongo de los nervios. No sé qué decir delante de esa apisonadora de palabras sabias, análisis profundos y citas encontradas con una insoportable levedad en sus libros.

–No soy de Sarajevo –digo en uno de los raros momentos de silencio–; de hecho, yo nací en el norte de Bosnia, en una ciudad pequeña…

–De hecho –me interrumpe el filósofo–, para ser más precisos, nació en el noroeste del país; es una región…

Al final, la presentadora nos pide una palabra para concluir.

–Nada nuevo en los Balcanes –digo–, como en todos los demás sitios. En determinados sitios hay demasiada Historia, tanta que resulta insoportable. Bosnia-Herzegovina, por desgracia, nunca será un lugar tranquilo, anónimo y rico como Liechtenstein.

Por su parte, el gran filósofo, con una sonrisa más grande que su cara, concluyó con Friedrich Nietzsche.

–Las grandes guerras modernas son la consecuencia de los estudios históricos.

Luego coge sus libros, sus bolis y sus hojas, se coloca las gafas, me acaricia la cabeza y desaparece por los largos pasillos de Radio France.

24

Han organizado la cena en un restaurante que hasta entonces me es desconocido. Me he puesto la camisa más bonita que tengo, azul cielo, me he afeitado la barba y hasta le he pasado una esponja mojada a mi chupa de cuero *vintage*. Alrededor de la mesa hay un grupo magnífico de gente; advierto la cara pálida y barbuda de Salman Rushdie, una maravillosa leona africana, Toni Morrison, con su peinado y su rostro de diosa pagana, y algunas personas más que veo con frecuencia en las revistas y en la televisión. Tengo un nudo en el estómago y me flaquean las piernas. Todo está en calma, el mundo es dulce y sabio, reconfortante y aterrador a la vez para un refugiado. Sin embargo, la vida me va mejor. Soy «escritor en residencia», me han invitado a una cena de honor del Parlamento de los Escritores, mi bio-bibliografía ya ha perdido la virginidad y mi francés ya se sitúa en algún lugar entre «aceptable» y «correcto». Cuando hablo inglés se me nota un fuerte acento francés, prueba última, a mi entender, de una buena integración.

¿Cómo se escribe integración en francés, me pregunto sentándome en una silla tapizada de terciopelo rojo, con dos «t» o sólo con una?

El restaurante, Chez Marie-Yvonne, es una *brasserie* alsaciana de mucho prestigio entre los enólogos, los golosos, los parlamentarios y otros personajes de las letras.

Hace mucho calor, estoy sudando y reniego de mi camisa clara y sintética; seguro que, desde ahora hasta el final de la cena, todo el mundo verá dos buenas aureolas de humedad bajo mis brazos.

Dos camareras y un camarero muy joven, peinado a la italiana, bailan a nuestro alrededor.

El señor de enfrente dice «como siempre», así que yo también digo «como siempre», y me encuentro con un triple *bourbon* servido en un pesado vaso de cristal. Poco después llega un equipo de televisión. Sacan focos y cables, una cámara con trípode y otra colocada sobre el hombro de un señor mal afeitado que va vestido de reportero de guerra, con pantalón caqui y un chaleco lleno de bolsillos.

La periodista le pregunta algo a Salman Rushdie y luego a Toni Morrison. El reportero de guerra le da la vuelta a la mesa con la cámara hacia atrás y vuelven a coger los instrumentos.

–Es para el informativo local de las ocho de la tarde –dice la periodista.

Es morena y guapa, la camisa apenas esconde la hermosa promesa de su torso.

Elijo, como el señor de enfrente, el «menú alsaciano».

–¿El menú alsaciano? –le dirijo por fin la palabra–. Pues clarísimo: ¡*Kouglof, baeckeoffe* y Struthof!

El señor gordo de enfrente no se ríe. Sabe tan bien como yo que Struthof era un campo de concentración durante la ocupación alemana.

Cállate y come, me digo.

Sin embargo, miro furtivamente a los demás invitados. La señora Morrison está demasiado lejos, pero Salman Rushdie, con sus dos guardaespaldas pegados, se halla a unas cuantas sillas de distancia. Su rostro, sorprendentemente pálido, deja entrever los días enteros pasados a la sombra, en una habitación de espesos cortinajes, escribiendo libros. En el rabillo de los ojos le veo también una magnífica sonrisa; el escritor posee el rostro y la postura de un hombre dulce. Un buda sabio de su lejano país.

Nos cuenta con su acento *so british* sus peripecias con la *fatwa* y los locos de Dios. Los policías que el jefe de servicio ha colocado tras él parecen dos juguetes mecánicos: sus cabezas barren el espacio ante ellos y sus miradas ocultas tras los cristales opacos de las gafas negras no dejan de examinar las caras, y en concreto la mía. Los trajes, de estilo antiguo, están hechos de un extraño tejido negro y brillante; los cráneos rapados recuerdan dos pistas de aterrizaje para las moscas.

Salman es un hombre agradable, un cuentista nato. Nos cuenta historias sobre el vino y los Rolling Stones, y hasta algunas anécdotas sobre su cantante preferido, Tom Waits. Me lo imaginaba más moreno, me tiene sorprendido la palidez bibliotecaria de su piel. Nada sorprendente al final, me digo, la frontera de su cárcel es el mundo entero.

Posee una dulzura casi femenina, elasticidad oriental y al mismo tiempo una fuerza osada que conquista, elocuencia y viveza de espíritu.

Es de todo, menos una persona triste o enfadada.

Varios círculos casi visibles y materiales, hechos de respeto y turbación, de miedo y fascinación, envuelven a ese hombre que cena con nosotros.

No consigo olvidar que es un escritor amenazado de muerte, que sus enemigos están *urbi et orbi*, en el mundo y en la vida, en el cielo como en la tierra. Que están dispuestos a ofrecer un millón de dólares por matar a un escritor, nada más y nada menos que a un escritor.

Es deplorable e indignante; me doy cuenta de que la literatura es un centinela valiente, una especie de papel tornasol para examinar los niveles de acidez y locura de este mundo ruin.

Justo antes del postre uno de los dos calvos se agacha y murmura algo al oído de Salman Rushdie. El escritor da su aprobación asintiendo con la cabeza. Se levanta dulcemente cual peregrino consciente de estar solo al principio de un largo y peligroso viaje.

–Si se marcha usted ahora –digo–, perderé la última oportunidad de hacerme rico.

Salman Rushdie sonríe, me lanza un guiño y se pierde en la noche en compañía de sus dos ángeles guardianes.

25

Estamos a sábado, son las ocho de la mañana. Me he levantado al alba para ir a trabajar y convertirme en empleado de almacén. He cogido el tranvía hasta la última parada, luego he cambiado dos veces de autobús y caminado media hora por una zona comercial para llegar por fin ante el enorme vestíbulo donde se almacenan todo tipo de kits de muebles. Un Lego doméstico para la generación nómada, que se muda con frecuencia.

Didier, mi jefe, ya está ante la puerta. Un hombre colorado, bien alimentado, corto y fuerte, en forma y charlatán.

–Venga, amigo, empezamos –me dice.

–¿No esperamos al resto del equipo?

–El resto del equipo eres tú –dice–. Sólo somos nosotros dos.

Miro los interminables pasillos oscuros, una cripta con tres tipos de cartones: largos, muy largos y excepcionalmente largos, listos para la entrega, colocados en lo alto de las estanterías bíblicas siguiendo criterios incomprensibles. La luz de neón es blanca y agresiva.

Didier tiene prisa. Mira el reloj sin parar.

–Ya ves, hijo –me dice–, te dan el recibo de compra. Vas a las filas E, F y G de un lado y E2, F2 y G2 de otro. Coges tres paquetes, nunca más de tres, los fijas con *film* transparente y los llevas hacia el camión con el carro transportador de palés. Es fácil, ¿no?

Unos segundos más tarde se marcha.

–Voy a echar la quiniela y luego voy a buscar a mi hijo.

Me quedo solo en el vestíbulo. Empiezo buscando un rincón tranquilo para dormir y pasar tranquilamente mi primer día de trabajo. Lamento no haberme llevado un libro. Es un sitio perfecto para atacar a Marcel Proust, o eso me parece.

El infierno empieza poco después de las diez. Llega un camión conducido por un luchador de sumo de bigotes gigantes, tan anchos que parecen una barba.

–Aquí está el pedido, chaval –me dice el sumo–. ¡Espabila!

–Soy nuevo, acabo de empezar.

–No es mi problema –replica el sumo.

Mientras habla la grasa de la papada se le desplaza en ondas.

El primer intento es catastrófico. Desencadeno una verdadera avalancha de cartones en el pasillo F2. Luego me doy cuenta de que la mercancía se halla en la fila F y de que mi primera entrega tiene por destino la casa de Gulliver. Los paquetes son tan largos y pesados que al cabo de tres ya estoy cansado. Se me mueve el carro y me lleva un ratazo colocarlos más o menos rectos. Sudo y el polvo frío se me pega a la cara.

Me detengo durante un momento y vuelvo a mirar el pedido. Nueve cartones F, tres G2 y un solo E. Tengo la sensación de jugar una partida de ajedrez, de ser una rata de laboratorio que se desplaza por los pasillos bajo la mirada malévola de una fuerza divina.

Mientras empujo a duras penas el carrito en dirección al pasillo G2 se me ocurre una idea genial: ¿por qué solamente tres cartones? Voy a amontonar todo el pedido, lo protegeré bien y hala, en vez de dar dos o tres viajes hago la entrega de una vez.

Traducir mi genial idea en *praxis* no es tan simple. Tras amontonar todos los cartones en una pirámide temblorosa intento, torpemente, fijarlos con un *film* protector ancho. Pero no se pega como yo quiero, claro.

Al final acabo ante una pesadilla cubista. Se parece más a un cuadro de Georges Braque que a un trabajo bien hecho. Estoy agotado. Veo la puerta como un puntito luminoso y lejano.

Empiezo a empujar el carro y para mi sorpresa es fácil. Mi frágil construcción avanza sola, como un *perpetuum mobile* que tiene por objeto simplificar la vida a todos los empleados de almacén del mundo.

Al principio soy prudente. Luego me voy animando y alargo los pasos. Es formidable. Cojo las curvas y acelero en dirección a mi querido sumo, cual un Muhammad Ali de las entregas.

Canturreo:

–Vuelo como la mariposa y pico como la abeja. Con alguien tan listo como yo, hasta los trabajos más difíciles podrían resultar soportables.

El chófer gordo se queda petrificado, le tiembla el cigarrillo sin filtro que lleva pegado a la boca.

La pirámide se derrumba a sus pies con un estruendo infernal. El polvo que se levanta forma una cortina espesa. Tosemos.

El resultado de mi innovación es una calamidad. Un Waterloo de cartones, un *Hiroshima mon amour* de mi primera y última entrega en tanto que empleado de almacén.

Me quito los guantes y salgo sin decir palabra.

–Oye, hijo –grita el sumo por detrás de mí–, hay que llamar a Didier. ¿Adónde vas?

No digo nada.

Llego a la estación de autobuses a las once y cincuenta y siete minutos. Mi triste carrera de empleado de almacén habrá durado media jornada. Menos unos minutos.

Cuando llego a mi casa me preparo un café con mucho azúcar. Para quitarme el gusto áspero a polvo de la boca. Me froto largamente las manos y la cara en la ducha. Sale el agua beis, como si en lugar de mi cuerpo dolorido estuviese lavando un desierto o una playa.

Luego llamo a una amiga. Es, vagamente, estilista. Todo el mundo a mi alrededor es o bien estilista, o bien intelectual comprometido; o, si no, está haciendo un proyecto artístico. Menos yo. Yo no soy capaz ni de meter tres cartones en un carrito.

–Ya está, ya está, me he despedido. Estaba harto, no era para mí. Ya estoy libre, al final me voy a dedicar por completo a mi carrera de escritor. Y, además, eso me permitirá estar en contacto con la gente, seguir siendo joven…

–Hay una gran diferencia –dice ella– entre ser inmaduro y seguir siendo joven…

Luego llamo a mi padre, a Alemania.

–Papá, por fin he encontrado un trabajo de verdad.

Quiero ir despacio, primero una buena noticia (para él) y luego una mala.

–Muy bien, hijo. ¿Y ahora te vas a despedir?

–Sí, papá, ¿cómo lo sabes?

–Me conozco un poco el paño –contestó antes de colgar.

26

Presento mi libro *Los bosnios* en Lille, Burdeos, París y Estrasburgo. La guinda: me acompañan tres grandes filósofos comprometidos y un gran escritor francés.

EL GRAN FILÓSOFO Nº 1

E. G. F. nº 1 es mi conocido de France Culture. Sólo que desde entonces le ha crecido la nariz. Ya no se le resbalan las gafas. Lleva un traje y una corbata vagamente gris; los zapatos oscilan entre marrón y beis. Luce una larga cabellera castaña con reflejos plateados y un rostro siempre impecablemente afeitado de color blanco desvaído. Lleva un enorme bolso de cuero lleno de papeles diversos, de plumas y de libros de filosofía alemana. Como buen profesional, E. G. F. nº 1 siempre va cargando con al menos cinco ejemplares de su última obra. Según mis cálculos, saca tres o cuatro libros al año. Como buen elocuente, habla mucho y pronuncia el nombre de Friedrich Nietzsche al estilo francés. Me da la impresión de que era tartamudo de joven, porque a veces se detiene en pleno discurso y tiembla como una hoja al viento. No le salen palabras justas y sabias de la boca, como si se fueran acumulando en capas de rocas calizas didácticas. Pese a sus raras debilidades, E. G. F. nº 1 es un gran orador que analiza con lucidez la condición humana. Durante la estancia en Lille aprovecho un momento de tranquilidad para hojear su libro. Posee un estilo rico y escabroso. Hace un ruido insoportable con la boca durante las interminables mesas redondas. Masca, sorbe, gorgotea y mordisquea como si fuese una máquina de triturar. E .G. F. nº 1 es un hombre desapegado de las convenciones, aunque lleve la camisa manchada de grasa. También advierto que en ocasiones lleva zapatos rojos, en homenaje a su juventud maoísta.

Su frase preferida es «Yo no soy filósofo, yo soy pensador».

EL GRAN FILÓSOFO Nº 2

E. G. F. nº 2 es en realidad el número uno. La estrella del pensamiento postmoderno, maestro y discípulo al mismo tiempo, el señor del tiempo que fabrica la lluvia y el sol en la escena filosófica francesa. Si E. G. F. nº 1 carece de color, E. G. F. nº 2 es un hombre bien definido, en blanco y negro. Recuerda a una escultura de Giacometti con su esbeltez y sequedad. E. G. F. nº 2, que se viste con elegancia y sobriedad, usa todas las combinaciones posibles de blanco y negro: traje negro con camisa blanca, traje blanco con camisa negra, chaqueta y camisa blancas con pantalón negro, pantalón negro con camisa negra y chaqueta blanca... Pronuncia el nombre de Michel Foucault al estilo francés y sus pensamientos, una vez plasmados en el papel, se convierten rápidamente en *best seller*. Todos sin excepción. Conoce a todo el mundo y todo el mundo lo conoce. Nunca me he atrevido a preguntárselo, pero es más que evidente que E. G. F. nº 2 es también editor, columnista diestro, novelista y ensayista, consejero literario y lector-corrector. En la cadena del libro, sólo hay un oficio que se le escapa a E. G. F. nº 2. El de impresor. Sus preferencias gastronómicas son verdes. Durante las cenas pide por lo general tres hojas de lechuga, dos espárragos y una especie de rábanos blancos cocidos al vapor.

Su frase preferida es «Yo no soy pensador, yo soy filósofo».

E. G. F. nº 3, según los expertos en la materia, es un antiguo número uno. E. G. F. nº 3, de más edad que sus compañeros, está constantemente de mal humor. La úlcera le añade matices amarillentos al rostro y el peinado «mayo del 68» casa con su discurso antiglobalización. Pronuncia Mao Zedong al estilo francés y le gusta autocitarse. Comienza todas las frases con un «como ya he dicho antes». Con E. G. F. nº 3 tengo la impresión de que todo está dicho, por él y mejor. No es habitual en las librerías, pero sí en la televisión. En general va al plató y no dice nada, o casi nada. Resplandece. Es su trabajo y su pasatiempo preferido.

Su frase preferida es «Como ya he dicho antes».

EL GRAN ESCRITOR

E. G. E. es un hombre de estatura media. Cree a pies juntillas que es guapo y nosotros, los observadores neutrales, comprobamos que como mucho puede pasar por un exguapo. Más ex que guapo. Es un diestro polemista y ocasionalmente humanista. Mundano y excéntrico hasta decir basta, E. G. E. odia «el pensamiento único». También sus novelas son de estatura media. Pronuncia

Johnnie Walker *gold* al estilo francés y a veces incluso le da por escuchar a los demás. Gran aficionado al Chivas y a las mujeres, E. G. E. es astuto como un zorro en las mesas redondas. A veces sus amantes son mayores que su mujer.

Su frase preferida es «Venga, la última, para el camino».

La gira comienza en Lille. En una sala abarrotada, los filósofos y el escritor brillan con todo su esplendor. Su elocución, su educación y su humanismo están a un nivel que me hace preguntarme qué broma pesada me ha llevado allí con ellos. Yo no soy capaz de analizar nada, ni la situación humanitaria de mi país, ni mucho menos predecir el porvenir de Europa sirviéndome del mal ejemplo yugoslavo. Yo no soy nada, o casi nada, un perro que se lame las heridas, un cuerpo y un espíritu débil e inútil frente a esos hombres brillantes. Cruzo a duras penas Francia en diferentes trenes y, cada vez que llego a una estación, ellos ya están allí. Frescos y descansados como el equipo intergaláctico de *Star Trek*, verdaderos profesionales que juegan siempre en casa, estén donde estén. En las raras ocasiones en las que tengo la palabra me expreso en un francés aproximativo, mientras ellos son un géiser de citas y análisis lúcidos. Llevo una chaqueta de segunda mano color verde cazador y amarillo, mientras que ellos van vestidos de colores oscuros, como para un entierro. Son tan lejanos y prestigiosos que tras nuestro gran debate en Lille vuelvo a encontrar mi postura habitual de puercoespín mental, encerrado para siempre jamás en un largo e interminable minuto de silencio. Y cuanta más gente hay en los encuentros más solo me siento; cuanto más fuerte es la luz más me encierro en las tinieblas densas de la memoria. Cuando vamos a firmar yo dibujo angelitos o estrellas y firmo, mientras que ellos añaden dedicatorias personales y elegantes.

Me siento tontamente desposeído de «mi» Celan y «mi» Primo Levi. Sin embargo, mantengo mi lucidez. Sé que estos momentos de «gloria» serán cortos. Mi país y yo estamos de moda ahora, y en unos días, semanas o meses seremos olvidados. La fuerte luz mediática se concentrará en otra cosa. Otro país, otra guerra, otra ciudad-símbolo.

La apoteosis de nuestra gira tiene lugar en Estrasburgo. Yo me muestro especialmente parco y ellos especialmente asqueados, y con razón además, ante el silencio de nuestra querida Europa. Durante la cena en la casa Kammerzell, en la plaza de la Catedral, me tomo una copa de *Gewürztraminer*, cojo la chaqueta y me voy.

Al llegar a mi estudio me caliento una lata de *cassoulet* cien por cien cerdo.

Luego me lavo con detenimiento los dientes y vomito en el váter. Apago la luz y me tumbo. Me dispongo, una vez más, a escuchar la campana de la catedral, que imprime un ritmo metódico e incansable a mis largas horas de insomnio.

27

Camino lentamente por la ciudad desierta en compañía de una lluvia tibia. Me despido, saludo al pequeño puente, a los empedrados frescos y a la luz desvaída. Les mando besitos a los techos y a los escaparates, a las panaderías y a la joven alsaciana del anuncio, con el tocado en forma de mariposa sobre la cabeza rubia. Guardo un largo minuto de silencio ante una librería. Doy media vuelta para comprobar que los ángeles y los demonios siguen bien colocados en la catedral de granito rosa. Calculo la distancia entre las estrellas, entre las farolas, entre todas las colillas aplastadas en el suelo. A falta de rosa, dejo una hoja de plátano en el umbral del bar donde trabaja mi camarera. Acaricio tiernamente mi banco de la plaza Broglie y saludo al busto del mariscal Leclerc, liberador de Estrasburgo. La tímida llovizna se transforma en una lluvia más abundante y fría, pero no me impide seguir mi patético peregrinaje. Me siento como un juglar del gesto y de la acción que no necesita palabras para llevar a cabo su acto poético. Dejo otra hoja en otro bar. Dibujo un rostro sobre un cristal mojado. Se parece a una mujer de Modigliani. Pelo largo, pómulos altos y una nariz mediterránea. Luego le dibujo la boca con un beso.

Al alba llego por fin a la estación. Me tomo un café amargo y musito unas citas confusas de Paul Celan. Compruebo sin cesar dónde están mi Bulgákov y mi Camus. Dónde está mi documento de viaje para refugiados y mis escasos ahorros.

Me pido otro expreso doble y miro hacia fuera, a través del humo azul. Los coches, como en un desfile, marchan en silencio hacia la periferia, quizá más lejos, hacia algún lugar de Alemania. Los bulbos de paraguas, como champiñones portátiles, la cortina transparente de agua que da la impresión de estar sujeta al cielo. Estamos a miércoles, un día cualquiera que espera el sol. Busco, desocupado, todas las palabras posibles para definir la soledad.

Seul, digo en francés, *sam*, en serbocroata, *lonely* en inglés, *allein* en alemán.

A falta de patriotismo, me he hecho políglota por fuerza mayor.

Compro un billete de ida en la ventanilla.

–Los de ida y vuelta salen mucho más baratos, señor –dice la joven de la ventanilla.

–Ya lo sé, pero quiero uno de ida. Una «ida» siempre sale cara. Y un «ida y vuelta» siempre debe ser más barato.

Vuelvo al bar y me pido el tercer café. La barriga me recuerda que no es buena idea, pero no tengo más que hacer aparte de eso, beber cafés. Siempre la misma historia: quiero, con torpeza pero sin reservas, ser otro hombre. Más guapo, más inteligente, sereno, apacible… Sueño con una vida llena de pequeñas felicidades, de rutina cotidiana.

El valor de la gota de agua, me digo, es que se atreve a caer en el desierto.

Mis escasos bienes están colocados al pie de la mesa. Basta con una ojeada furtiva para efectuar todo un inventario de la miseria. Nada es de mi talla, nada es mío –ni las maletas ni, menos aún, la ropa–. No he elegido nada. Soy un maniquí de segunda mano. Soy un loro sin trópicos, un bufón de pantalón demasiado corto y camisas chillonas.

A la luz artificial, la piel de mis manos se parece a la superficie lunar. Llevo la miseria por bandera, mi infortunio se deja ver en los dientes, los zapatos, la camisa, las uñas de media luna negra y sucia. Respiro con tranquilidad. Ninguna alegría de marchar, ningún *spleen* del viajero que se dispone a abandonar un lugar tampoco.

Siento físicamente las fronteras, los policías y los aduaneros arrogantes.

Las futuras explicaciones, justificaciones: quién soy y dónde voy.

El documento de viaje parece una flor de amapola rojo sangre, mil veces ametrallada por los sellos y las visas, por distintas autorizaciones y prohibiciones.

Una voz alta y mecánica anuncia el tren para Múnich, la primera etapa de mi largo periplo. Cojo las bolsas, me abrocho bien la soledad y me dirijo al tren. Me alegro de que no haya nadie acompañándome, diciéndome «adiós», «hasta pronto» y «buen viaje».

En la mañana lluviosa de la primavera de 1997 soy el único náufrago entre tantos viajeros en la estación de Estrasburgo.

28

La estación de Budapest-Keleti no es más que un corredor oscuro y frío. Vaya donde vaya, me encuentro tarde o temprano en un pasillo. Salvo que aquí, en el corazón mismo de la Europa central, el mes de junio añade unas notas floridas y verdes, un velo azul tierno al decorado de mi vida. El viaje ha sido interminable. Todos los aduaneros, sin excepción, examinan larga y detenidamente mi documento de viaje, mi pasaporte francés sin Marianne, mis dos bolsas y mis bolsillos. En la frontera austriaca hasta me hacen el honor de pasarme un perro, un monstruoso pastor alemán antidroga, una bestia bíblica del tamaño de un hombre lobo. Examina con su larga naricilla, negra y brillante como una bola de billar, mi equipaje, y después Cerbero me pega el hocico entre las piernas. Le tiemblan los pelos con reflejos dorados de la espalda y yo estoy petrificado. Así es, mi viaje no es lógico. Regreso al este, en el mismo momento en que todos esos exyugoslavos quieren marcharse al oeste. No tengo nada que declarar, sigo desnudo como un gusano. No me da miedo su desfile de poder y de uniformes, repito *Ich habe nichts zu verzollen* como un lorito mecánico, saco el documento de viaje y enseño las bolsas.

Mi lugar de nacimiento y Bosnia, mi país de origen, hacen de mí un sospechoso por excelencia.

–Usted trafica –me dice el aduanero húngaro en un serbocroata perfecto–; me juego el cuello, aunque no haya encontrado nada de momento, a que usted trafica con algo.

Entonces coge mi documento de viaje y se lo mete en el bolsillo del uniforme.

–Y ahora, enséñeme el pasaporte de verdad. Que Francia no es un país serio, le da los papeles a cualquiera. ¡Venga, el pasaporte de verdad, sácalo!

Su tono se ha vuelto amenazante. Ha dejado de hablarme de usted. No importa, permanezco impasible.

–Ése es mi pasaporte, no tengo otro.

–Venga –me dice sonriendo–, bájate del tren. Vamos a comprobarlo todo tranquilamente a la comisaría.

Cojo los *Cantos* de Ezra Pound, las bolsas y las gafas y bajo al andén. Dócil, como si me estuviese paseando por el Campo de Marte. No tengo prisa alguna; es cierto que el aduanero tiene el poder, pero yo tengo todo el tiempo del mundo.

El tiempo es el peor enemigo de los polis. Tarde o temprano me dejará marchar.

El tren siguiente, el de la tarde, está igual de abarrotado que el primero. Voy sentado en el pasillo y miro, sin verla en realidad, la llanura húngara que desfila por detrás de la ventana. Desde que estoy exiliado hay demasiados espejos y ventanas a mi alrededor. Es imposible escaparse, me enfrento con regularidad a mi cara.

La ventana es una obra del diablo. ¿Cómo se puede ser al mismo tiempo transparente y reflector?

La tarde en Budapest es soleada. Por una vez, no está lloviendo en algún sitio cuando yo llego, lo cual me parece una buena señal. Tengo una idea bastante vaga de dónde y cómo encontrar habitación. Sé que tengo que marcharme de Pest, cruzar el Danubio por el puente Elisabeth e ir a algún lugar hacia las colinas de Buda. La ciudad es grande, hay algo familiar y reconfortante en las calles. Una luz de mi infancia, el cortejo de coches cuadrados, incómodos y comunistas, una abuela gitana que vende encajes o el desorden oriental de los pequeños colmados. Camino con seguridad, me siento tranquilo, la ciudad de Budapest tiene un pie, y unos barrios además, en los Balcanes. Por todos lados descubro vestigios del comunismo: los pequeños Trabant que tosen en todas las rotondas, las fachadas desvencijadas, los edificios robustos y sin estilo, los códigos de vestimenta aún en vigor: pantalones cortos, desgastados y sin color para los hombres; vestidos largos de flores vivas para las mujeres. También advierto que hay una nueva generación. La juventud dorada que lleva marcas occidentales, botas de baloncesto y gorras de béisbol para los chicos; pantalones vaqueros ajustados y minifaldas para las chicas.

Tengo una habitación tranquila y limpia, con una cama grande de las antiguas, una mesa de roble, una silla, un armario del siglo XIX y una biblioteca llena de traducciones de la gran literatura rusa. Adivino los nombres: *Tolztoj, Dosztojevszkij, Puskin...* Hasta hay un libro de Julio Verne, pero es imposible adivinar cuál. Supongo que *Nemo kápitany* quiere decir *Veinte mil leguas de viaje submarino*, pero no estoy seguro.

También tengo un inodoro turco y un lavabo de hierro esmaltado. Han colocado un jaboncito con la inscripción Hotel Gellert justo al lado de un vaso que ha quedado opaco gracias a varias capas de depósito calcáreo.

No me sorprende que mi ventana dé a un aparcamiento. No lo veo, pero siento que a lo lejos corre el Danubio. Abro el primer bolso y saco la ropa.

Luego arreglo la biblioteca, una decena de libros de bolsillo: Levi, Camus, Borges.

Vacilo un momento, luego cojo *El libro de arena* y lo coloco con cuidado sobre la cama.

Abro la segunda bolsa y coloco la Olivetti en la mesa. Blanca y limpia, con su cinta nueva, roja y negra, bien colocada en las entrañas.

Elemental, querido Hamsun, digo.

Fuera, en la vida de verdad, una noche violeta y dulce se dispone a descender sobre los tejados calientes de Budapest.

29

Mi vecino, Joseph Korda, luce un rostro a lo Ezra Pound, un pañuelo de seda alrededor de su cuello de camello y unas pantuflas antiguas y desgastadas en los pies. Desde que me instalé en la calle Tamási Áron lo veo delante de su casa, tumbado en una *chaise longue*, con un libro enorme en la mano. El señor Korda no tiene mujer ni hijos, ni perro ni gato. Nunca he visto la más mínima sombra de otra persona alrededor del señor Korda. Me recuerda también a Primo Levi, con su rostro azotado, esculpido, amasado por miles de penas.

Joseph Korda, que no es húngaro del todo y aún menos austriaco, vive instalado en las dudas: de su origen, de su país, de su lengua materna... Es testigo del siglo, maestro de una ceremonia deplorable que se ha convertido en nuestra memoria colectiva.

—A veces se me olvida que soy judío. Pero en todos sitios siempre hay alguien que me lo recuerda.

Habla un francés añejo, aprendido en otra época en París, donde era estudiante, gigoló y afinador de pianos. Sus lecturas son también de otra época. Le veo sobre las rodillas Lamartine y Hugo, Jean-Jacques Rousseau y las primeras ediciones de Paul Verlaine. Con menos frecuencia lee literatura clásica rusa y húngara, a veces los ingleses del siglo XIX, pero nunca le he visto ningún libro alemán entre las manos.

—La filosofía alemana murió en las cámaras de gas de Auschwitz —afirma.

Es dulce, guapo y limpio. Su mirada posee una claridad que desarma. Sus ojos, escondidos tras las espesas cejas, son vivaces e inquietos. Su cuerpo endeble recibe alimento del café fuerte y de innumerables cigarrillos sin filtro. Se mueve con dificultad, me da la impresión de que entre paso y paso piensa dónde va a poner el pie. Tiene las articulaciones oxidadas por el reumatismo y el aliento oscurecido por el asma de los grandes fumadores.

Su casa, mal aireada y húmeda, es un féretro con una pesada puerta y las ventanas casi cegadas de roña. Un sarcófago en el que zumban, vuelan y se posan los espectros de su familia desaparecida, como una pátina sobre los muebles rudimentarios. El señor Korda posee una gran biblioteca, una estatua tricolor de la Torre Eiffel colocada sobre una mesa coja de roble, unas cuantas cacerolas y platos en la cocina y una verdadera galería de fotos en las paredes. Parece una dolorosa adición de sombras, un viaje a la Budapest judía, masacrada en los años cuarenta. Durante mis cortas visitas a su casa examino los rostros de las fotos. Hay un señor con bigotes al estilo Francisco José que posa ante su tienda. Detrás se distingue un fragmento de rótulo, un «da» de Korda y un escaparate lleno de sombreros para señoras. Un hombre joven, peinado como Marcel Proust, ante un coche de los años treinta. Va vestido a la moda (el traje de tres piezas con chaleco y pantalón de pinzas, con dobladillo ancho por abajo); sujeta un par de guantes de ante en la mano izquierda y en la otra una boquilla larga. El coche de al lado brilla con luz negra y metálica. Se diría que el neumático delantero, que se ve, acaba de salir de la fábrica Benz, en algún lugar de Alemania.

En su gran familia también hay un rabino. En la foto se ve a un hombre delgado, vestido de negro, con una barba salvaje y blanca y una mirada sombría, como si ya hubiese adivinado el triste destino de su pueblo. Tras él, un edificio, probablemente la Gran Sinagoga de Budapest.

La foto central representa a una mujer de rasgos finos que lleva un vestido de encaje blanco.

La mujer tiene en sus rodillas a un bebé de sexo indefinido. El bebé tiene el rostro redondo de un niño pero lleva el pelo largo y con bucles, y un vestido tan blanco como el de su madre. El señor Korda ha colgado entre las fotos tres pósters. Uno del Moulin Rouge, con una bailarina de cancán, otro más pequeño, una reproducción del famoso cuadro de Marc Chagall *Aniversario*; el tercero, colgado en la cocina, es un anuncio del *pastis* de Marsella. El resto de las paredes queda reservado para las manchas de moho de formas sorprendentes, casi pictóricas.

Una noche, mientras fumamos delante de su casa, el señor Korda me cuenta su historia.

Joseph Korda guarda de su infancia sólo unos cuantos recuerdos, algunas sensaciones vagas: su padre, Baroukh Korda, comerciante hábil y hombre piadoso. El rostro de su madre, Myriam, de origen esloveno, blanco como tallado en tiza. En la casa reinan diferentes olores: cuero teñido y cuero en bruto, el *goulash*, los quesos o las bolitas de pescado frío que tiemblan, como vivas, en el crepúsculo sagrado del *sabbat*. Los pequeños cuerpos blindados de las cucarachas en la cocina, el jabón graso y maloliente como una rana muerta en la mano o la hermosa música fuerte y repentina de una lluvia estival que llama con dedos mojados a la ventana.

El joven Joseph, heredero del próspero comercio de su padre, viaja por casi todas las capitales de la difunta monarquía austrohúngara: Viena, Praga, Liubliana o Sarajevo, un poco más al sur. En esa época se convierte en un «dandy cínico».

Korda lleva tanto en invierno como en verano un largo abrigo negro, un sombrerito tirolés de fieltro, camisas blancas y trajes de rayas finas que estilizan, según él, su pequeña figura. Según sus propias palabras, es persistente pero no obstinado, bastante ambicioso y un poco presumido. Un joven «poeta» atormentado que devora con el mismo gusto los pensamientos de San Agustín y la poesía de sus contemporáneos, las aventuras de Sherlock Holmes y las obras de filosofía alemana.

En sus innumerables viajes Joseph Korda descubre primero a las mujeres, y después el amor. Un rosario de cuerpos desconocidos, el sudor áspero y los senos ácidos de las prostitutas con ojos extraviados de las «damas estilo Klimt». La corta embriaguez de la carne y la exaltación, igual de agradable, que provoca el rey alcohol, el vodka *kosher*, la cerveza o el *schnaps*. Joseph se pasa largas noches en blanco en las tabernas ahumadas, en los agujeros negros de la humanidad, iluminados por los fuegos furtivos de los borrachines caídos.

–Antes de salir en busca de la felicidad –añade–, mire a ver; quizá ya es usted feliz. La felicidad es pequeña, corriente y discreta, son muchos los que no son capaces de verla.

Joseph Korda lee a Oswald Spengler, varios textos que versan sobre la vida tumultuosa de Yeshúa bar Yosef, llamado Jesús, y el *Götzen-Dämmerung* en versión original, del poeta y filósofo alemán Friedrich Wilhelm Nietzsche. Descubre el nacionalsocialismo durante un viaje de negocios a Múnich, a finales del verano de 1934. El *Volksgeist* y la Liga pangermana, las largas mesas de una cervecería bávara donde un tal Gregor Strasser cuenta chistes sobre la República de Weimar. Vivió una insólita pasión con una mujer, Elfriede von Wittelsbach, una beldad teutona y decadente atraída por el romanticismo negro y los ritos orgiásticos y poco católicos.

–Al ver las cruces de los demás –dice Joseph con un suspiro–, siempre se vuelve a tomar las propias…

En esa etapa Joseph Korda se cura el *spleen* con varios medicamentos cuya composición básica es la morfina. Vive unos años en Berlín fuera de órbita y casi arruinado para regresar a Budapest en los albores de la década de los cuarenta. Se presenta en el famoso Café Central, primero como poeta, luego como noble austriaco, primo germano de los Wittelsbach, y al final como discípulo de un tal Aleister Crowley, mago y dandy, seductor de la provocación y pornócrata.

La apisonadora de la Historia con mayúsculas pilla a Joseph Korda en Francia. El joven, que vive cerca de los Inválidos, pasa día y noche sumergido en el París bohemio. Joseph, oficialmente afinador de pianos, vive de amor y aire, pero estamos en París. En el París mundano de los Grandes Bulevares, de los bares galantes de Saint-Germain-des-Prés, de los talleres y de los largos fines de semana ahogados en champán en Normandía. París, que escucha a Charles Trenet y a Tino Rossi, que se viste de largo o de esmoquin por la noche y va a bailar con los zapatos de charol de Maurice Chevalier. Tras la rápida y vergonzosa derrota de junio de 1940, Joseph está asustado y perdido, como mucha gente. El 23 de junio Hitler llega a París. Llega a las cinco de la mañana al aeropuerto Le Bourget, se da una vuelta, visita la Ópera y, tres horas y media más tarde, abandona una ciudad desierta. Cosa que Joseph Korda no conseguirá solo. En la primavera de 1942 lo detiene la policía francesa, lo traslada una temporada a Drancy para luego llevarlo en un tren tan largo como la vergüenza a Auschwitz.

–A los primeros alemanes los vi en la puerta del campo. Fueron los franceses los que hicieron todo el trabajo anterior: el arresto, el transporte en tren, todo…

Joseph Korda me habla de las alambradas, del frío y del hedor. De las cenizas de un *kapo* polaco, de los raíles oxidados y de la piel, que se le había quedado grande para el cuerpo. Me habla del tifus y de los piojos, de un médico con el que hablaba de filosofía clásica y de una tal Lena Horowitz, bailarina antes de la guerra, de mirada tan pura como la luz de las estrellas.

Durante ese tiempo, en Budapest, la milicia del almirante Miklós Horthy y las Waffen-SS organizan en el puente de las Cadenas un terrible espectáculo. Entre tantos otros, se asesina salvajemente a todos los miembros de la familia Korda (el rabino, el señor ante su bonita limusina, la guapa señora con su bebé…). Según los escasos testigos, los nazis atan a la gente, a familias enteras, en el puente y los tiran vivos al Danubio. El invierno de

1943 es especialmente riguroso. Los soldados nazis se ven obligados a tirar primero granadas de mano para romper el hielo y después a los humanos.

Al liberar el campo, el 27 de enero de 1945, el ejército soviético libera también una sombra entre tantas otras. Joseph Korda, último portador de su apellido, poeta, afinador de pianos, políglota y gran amante del París de la Luz.

–Desde entonces –me dice con el rostro oculto tras el humo azul–, sólo estoy parcialmente aquí con los demás. Una gran parte de mi tiempo y de mi cuerpo se quedó para siempre en Auschwitz.

Durante toda mi estancia en Budapest nos hicimos muy amigos. A veces le hago las compras: una botella de leche, dos paquetes de tabaco sin filtro y una hogaza de pan negro. Algunas veces hablamos de literatura. Joseph Korda me enseña de manera poco común las diversas doctrinas. Uno de sus temas de meditación consiste en pensar que la vida pasada no es más que una ilusión.

–Empezamos a vivir en el presente. Cualquier vida anterior no es más que un sueño y cualquier historia universal no es más que un sueño.

Como buen epicúreo el hombre diserta invariablemente sobre el alma.

–El alma, según Epicuro, es una mezcla de los cuatro elementos: uno tiene la naturaleza del fuego, otro del aire, otro del soplo vital y el cuarto no tiene nombre. El soplo vital produce el movimiento; el aire, el descanso; y el elemento sin nombre, nuestra sensación, pues ninguno de los elementos con nombre es capaz de sensación.

Antes de marcharme descubro que también es un apasionado jardinero. En el patio trasero de su casa cultiva coles y habas, tomates y zanahorias.

–Si el estómago hablase, diría zanahoria –afirma Joseph Korda.

30

A finales del verano de 1997 comienzo a escribir mi novela negra. Ya tengo el título, *Mother Funker*, y una bonita apertura: «La muerte, ésa era su esperanza», que encontré en *La Biblia francesa y protestante*, libro que compré por tres monedas en el rastrillo. Tiene una cubierta dura de color rojo sangre y «La Santa Biblia» inscrito en dorado, en letra gótica. Para convencer al futuro comprador de que en efecto se trata de un libro cristiano le han añadido una cruz en relieve. Por razones evidentes, el editor no menciona el nombre del autor.

Mi educación religiosa es casi nula, así que me pregunto cuál es al final la diferencia entre la Biblia protestante y la Biblia católica. Si hay una Santa Biblia, ¿quiere decir eso que existe otra versión, no santa?

El resto del tiempo lo paso comiendo. Devoro cinco veces al día platos y golosinas, mis tentempiés de nata montada y mis meriendas de embutidos.

Vuelvo a encontrar el verdadero sabor de pimientos rellenos como los de mi madre. Mis magdalenas de Proust tienen la forma generosa de salchichas especiadas, pan fresco, sandías atiborradas de azúcar y sol y de un pastel rodeado de semillas de amapola. Descubro los *goulash*, las sopas espesas de entrañas y los s*omlói galuska*, dulce húngaro y divino. Se presenta en forma de pastel compuesto de varias capas de bizcocho genovés, adornado con mermelada y pasas, y acompañado de crema de vainilla y de crema de chocolate. *Libamáj*, *foie gras* al estilo húngaro, o *pörkölt*, delicioso ragú de ternera. En cuanto a las vitaminas, engullo cantidades pantagruélicas de cebolla cruda, de pepinos con nata y de ajo fresco. Cada día la Europa del Este se adentra un poco más en mis tripas, mis ojos y mis pulmones. Gracias a una sorprendente nostalgia gastronómica, mi paladar se convierte en mi casa y el cerdo húngaro toma el sabor tierno de mi infancia.

Aquí en Hungría se come como en casa, me digo. Adiós al minimalismo francés: por la mañanita, mi amiguita y yo tomamos un cafecito y unos bollitos de chocolate.

Y así, apátrida, me pongo en ciento veintisiete kilos. Y descubro mi verdadera naturaleza divina.

Picasso tuvo su época azul, me digo para darme ánimos, y tú empiezas tu época obesa. Estar delgado es una obsesión occidental y tú eres un hombre oriental. Si te afeitas la cabeza podrías pasar por un Siddhartha, un luminoso Buda sabio.

Mi nueva anatomía presenta tres ventajas y un único inconveniente. Me siento más fuerte, más inteligente y mejor armado para salir a la calle. Por fin soy un hombre, un yugoslavo de verdad, duro de pelar, peligroso. Con el globo que llevo ante mí parezco un gitano blanco, un camionero fornido que se mueve desbrozando el espacio ante sí.

El único inconveniente de ser un nuevo gordo es de bulto. Tiene que ver con la seducción. El ojo y el deseo siguen siendo delgados, conservo el espíritu depredador, pero mi nuevo cuerpo ya no posee nada que agrade a las mujeres. Me consuelo: el fin de la seducción es el principio de la sabiduría. No gustarle ya a las mujeres es, sin duda alguna, el comienzo del ascetismo y de una independencia nueva. Por fin libre, añado, y abro mi tercera bolsa de patatas fritas con pimentón.

Es sólo una apertura, un divertimento para que pase el rato hasta la merienda. Momento en el que ataco el paté de cabeza de cerdo y perejil a la antigua.

Más minucioso que nunca, me aprendo un nuevo vocabulario. «Risolar», dorar la carne o la verdura en un elemento graso muy caliente; «brasear», cocer un alimento en un líquido aromatizado; «ligar», dar consistencia untuosa añadiendo nata; «majar»; «saltear»; «infusionar»…

Mientras tanto cambio de X en las camisas. Paso de la XXL a la XXXL y me veo obligado a pararme en la talla mayor, que me recuerda a una nueva gama de coches: 4XL. Ya no puedo ponerme mis camisetas, se me suben hasta el pecho. Lo de los pantalones es peor, porque por culpa de la barriga me los tengo que abrochar tan abajo que apenas consigo andar.

Y así, sudando, con una camisa que se me pega a la espalda y zapatillas con los cordones desatados (es demasiado difícil agacharme), degustando una excelente *Linzertorte* en un café de moda, fue como me encontré cara a cara con Krisztina.

La veo cruzar la calle con paso ligero, casi de puntillas, como una bailarina. Lleva una chaqueta amarilla y un pantalón, o mejor dicho, una malla gruesa que duda entre el azul y el violeta. Empuja la puerta con despreocupación, dejando entrar tras ella el bullicio de la calle; luego se detiene un momento antes de franquear, con el mismo paso etéreo, los escasos metros que la separan de una mesa.

Solamente entonces advierto su rostro, de una palidez espectral, con labios rojos, color cereza aplastada, y párpados con sombra negra. Se quita la chaqueta con un gesto y veo que lleva una blusa fina que se le tensa en el pecho. Saca de un bolsillo un paquete de tabaco y se pide un café con leche.

La chica está sentada muy cerca de mí, huelo su perfume de almizcle, un poco pesado. Le veo las manos, los dedos finos y largos terminados en uñas postizas blancas, casi transparentes.

Aparto el pastel y levanto la cabeza.

–*Do you speak french?*

–*Oui, un peu* –dice ella con una sonrisa.

Ella es joven, morena y guapa y yo gordo y feo, pero «francés».

Se toma un *zwack*, un licor húngaro, y yo, tras pensármelo mucho, un whisky que me sabe extraño: está templado y como aguado.

–Trabajo en el cine y en el teatro –digo–. Soy Alain Balzac, actor, productor y director francés.

Entiende bien francés, pero no lo suficiente para descubrir mi acento extranjero de cosaco.

–¿En París? –pregunta.

–Sí, en París –respondo intentando en vano meter barriga–, y también un poco en Nueva York. Bueno, y Londres…

Tras dar un trago, se estira como un gato. Me toca el muslo con la rodilla y se presenta, al fin.

–Krisztina Juhasz. Estudio Derecho aquí en Budapest.

Al día siguiente, durante nuestro segundo encuentro en el Ana Café, descubro que en realidad la joven Krisztina tiene una calculadora en la cabeza. Tras la segunda copa se acerca a mí y me coloca el higo de su boca en los labios.

–Te quiero –dice.

–Despacio –le replico–, que apenas nos conocemos.

–No importa –dice Krisztina, melosa–, te quiero.

Es tan halagador como mentira.

Pasamos la tarde en un pequeño hotel romántico de Buda.

–¿Crees de verdad que puedo hacerme actriz? –pregunta.

–Claro –respondo.

Me incomoda mi desnudez flácida y blanca. Me incomodan la frialdad de su cuerpo crispado, sus uñas postizas, sus manos aún más glaciales que mi decepción y mi soledad. A mi espalda, Krisztina se desviste con naturalidad, como una larva que en primavera se convierte en mariposa. Se quita primero la chaqueta de colores exóticos, luego la blusa, para dejar ver el pecho bañado de luz, y por fin la falda que deja caer por los muslos. Me levanto, empujado por una fuerza ciega y loca, y recorro, como bajo un sortilegio, los pasos que nos separan. La beso en el cuello. A la luz del día es menos bella. Su cuerpo ya no es regalo para un hombre; las nalgas muestran ya un delta de estrías desagradables y una vez liberados del sujetador los senos muestran las señales ostensibles de la fatiga.

Le poso la mano en el rostro y siento bajo la palma algo escamoso y frío, como la piel de un lagarto. Krisztina se sobresalta, como si escapase de un sueño, y me coge los dedos con la boca. Se acerca y siento efluvios de tabaco y de alcohol, y de otra cosa más que no consigo definir. Su cuerpo tiene el olor de la fruta pasada, de las ciruelas agusanadas y demasiado maduras en las que ya ha comenzado la fermentación.

Quedo paralizado. Y sin embargo, su pecho desnudo está cerquísima. Su vientre, sus piernas abiertas, su aliento exaltado, todo está listo y abierto, pero yo me he quedado paralizado.

Le cojo la mano y la examino largamente.

Hay algo desolador, inexplicablemente enternecedor, en su manita blanca. Una fina capa del polvo de mi infancia: el rostro de mi abuela en su lecho de muerte, el cuerpo de un joven soldado masacrado antes de cubrirlo con nuestra gloriosa bandera. Veo el vientre húmedo de un pescado muerto, veo las cicatrices lívidas y macilentas.

Agarrado como un tonto a la mano de Krisztina, me echo a llorar con pesadez y sin reservas.

Lloro con la impresión de que las patéticas lágrimas que vierto en su palma envejecen al mundo, que éste ha perdido la pureza, la inocencia. Tengo un sabor áspero y desagradable en la boca. Cada poro de su piel, las líneas de la vida, del amor y de la muerte, su anillo, todo resulta insoportablemente pequeño e hiriente.

Krisztina es bella, está desnuda y yo soy un borrico.

Ella, ofendida, retira la mano. Me clava una larga mirada, como una serpiente que escudriñase su presa. Su respiración ha encontrado su ritmo habitual. Lleva una máscara del teatro japonés *nô*, blanca e inexpresiva, sobre el rostro.

Antes de que se marche le doy mi dirección de París.

—¿Casa o trabajo? —pregunto.

—La del trabajo —dice Krisztina.

Se viste con demasiada rapidez, como una profesional.

—Pues anota, tengo la oficina en el 49, *quai* Saint-Lazare. 75006, París.

Lo escribe con mano temblorosa. Después levanta la cabeza y me sonríe con una sonrisa fea y sardónica.

—Hasta mañana —dice.

Desde la ventana la veo avanzar hacia la estación de tranvía con paso decidido. Ya se está imaginando cruzar, con otro hombre, los Campos Elíseos o la Quinta Avenida.

El cazador cazado, suspiro, quien siembra mentiras recoge direcciones falsas.

Bajo, pago el hotel en efectivo y observo largamente, toda una eternidad, mi rostro deforme en el espejo del vestíbulo. Respiro con pesadez, como un pez gato, con la boca abierta de par en par.

Ha llegado el momento de actuar. Es evidente que nunca seré un nuevo rico. Al menos, puedo convertirme en un nuevo delgado. Sólo me falta encontrar un medio para adelgazar.

A continuación me pongo a dieta.

Renuncio a beber y a comer copiosamente, y en catorce días pierdo dos semanas.

31

Moricz *Tér*, rebautizado por mí mismo como
«plaza Mauricio», es un lugar maravilloso. La
plaza, estación terminal del tranvía y del metro,
parece una isla. Aquí reinan las leyes del sálve-
se quien pueda, las leyes de Murphy, un código
de honor particularmente complejo y un silencio impenetrable ante las fuerzas del orden. La
plaza, que está muy cerca del centro, constitu-
ye el último vestigio de una Budapest de antaño,
de una ciudad bohemia que anda descalza y can-
ta canciones de amor y viajes. La plaza Mauricio
es un círculo, un alegre desorden hecho de casas torcidas y de bares clandestinos, de un eterno atasco de coches de orígenes muy variados y
de población nómada (aunque lleven aquí siglos)
que hacen de todo, cualquier cosa, para sobrevi-
vir. Es un barrio gitano al que bajo todos los fines de semana para encontrarme con mis nuevos

amigos: Joszef, Mihaly y Janika. Pero también para tomarme una copa y charlar sobre cosas muy importantes, como el precio del cobre y la belleza de las mujeres.

Obviamente, dada la situación geopolítica de la vecina Serbia y para evitarme malos rollos con mis amigos, en cuanto llego a la plaza Mauricio uso mi patronímico francés: Alain Balzac.

Joszef Farkas, también conocido por el apodo de *il Padre*, es como el hermano gemelo del humorista Coluche. Hasta tiene los mismos ojos vivaces y chispeantes, la misma envergadura robusta y la misma forma de hablar. Al contar una historia, Joszef siempre deja espacio a un silencio entre líneas que exige la inteligencia de su público. Su rostro, perfectamente redondo y carnoso, es un sol negro. Se peina con el viento y, como buen cristiano, se bebe el vino a sorbos pequeños, entrecortados por el humo de sus cigarrillos húngaros.

Sus historias se dividen en tres categorías: chicas, mujeres y viudas. También conoce un número incalculable de historias sacadas de la Biblia gitana, en la que Jesús se llama Jeshua, su madre Maria y su padre Devla.

Es primo de todo el mundo y padrino de casi todos los mocosos que corren por el barrio.

Siempre lleva un vaso de vino en la mano, pero nunca está borracho; *il Padre* es un hombre que da buenos consejos, justo y sensato, buen conocedor de la naturaleza humana y pesimista lúcido.

Su apellido, Farkas, significa «lobo» en húngaro, pero Joszef es más bien un búho, un hombre cuyos días transcurren durante la noche.

Su mujer, Andronica, también llamada Harmonica, es, según varias evidencias, una mujer serpiente. Tiene la mirada de reptil, la lengua bien afilada y es más fría que el fondo de un pozo, cosa rara en una gitana. Como todos los personajes mitológicos, da la impresión de ser eterna. Tiene la hechura de un jugador de rugby: el torso poderoso, las piernas cortas y arqueadas, los bíceps tatuados y la cara de perfil achatado de una oveja. Su voz oscila entre el barítono, en los raros momentos de calma, y lo más frecuente, el tenor agudo, cuando se dirige a su esposo. Reina sin límites en la casa y la pequeña empresa: venta de imágenes piadosas, de rosarios fluorescentes y de botellas en forma de Virgen. En el puestecillo, que Andronica tiene el valor de llamar «mi tienda», se encuentran también varias representaciones del Sagrado Corazón, del papa Juan Pablo II, de la Virgen o de Cristo, de ángeles o de símbolos religiosos… Entre la gran gama de rosarios fluorescentes y de cruces de madera falsa, los clientes aprecian especialmente el producto exclusivo de la casa: botellas en forma de Virgen en múltiples formatos. Con capuchón ultra-seguro y una capacidad, dependiendo de tamaño y precio, de entre un cuarto y medio litro de agua bendita.

–Algunos hombres –bromea con sonrisa forzada Joszef– reciben ni más ni menos lo que se merecen; los demás están solteros.

Mi segundo primo en la plaza es Mihaly Meszaros. Mihaly, al que sus compañeros llaman *Pikk Asz*, el as de picas, es un joven que se viste como un cantante de turbo folk: ropa grotesca de colores chillones, zapatos inmensos y pelo siempre húmedo como si lo hubiese lamido una vaca.

Si a mis ojos Joszef es Coluche, Mihaly es una copia idéntica de Rodolfo Valentino. Salvo que Mihaly es un poco más gordo, más bajo, está desdentado y lleva unos enormes bigotes como alas de cuervo. Mihaly, devorado por su pasión por el póquer, siempre está en el punto de partida. Entra al bar llevado por los malos vientos, pide siempre un expreso doble para mantenerse despierto, nos cuenta una y otra vez el mismo chiste y desaparece para evitar a la gente a la que debe dinero.

–Entra un tío en un bar –cuenta Mihaly–, y dice: «Un chwirzderkilmaskichtmeurk de menta». Y le contesta el camarero: «¿Un chwirzderkilmaskichtmeurk de qué?».

Cuando termina su chiste habitual intenta que le prestemos dinero. Él lo llama inyección financiera. Según sus propias palabras, no deja de ganar al póquer, pero, inexplicablemente, siempre tiene una deuda que liquidar con mucha urgencia. A mí me la dio con queso una noche de verano. Así que le di una inyección financiera y nunca más se ha vuelto a hablar de ese préstamo. Mihaly Meszaros tiene en la memoria un agujero tan grande como el del bolsillo.

–No has salido perdiendo, hijo –me dice al respecto Joszef *il Padre*–, un hombre y un borrico siempre valen más que un hombre solo.

Para Janika Rascz, mi tercer compañero de las noches cálidas de Budapest, el equilibrio «es un pueblo español», como dicen por aquí. Janika Rascz se cae con frecuencia. Se cae con el viento, con la lluvia, en la escalera, en la calle, en la barra, en todos lados. Es aún más ligero que el aire y más feliz que el helio. Su felicidad es completa, porque, como sufre desde niño el mal caduco, nunca se acuerda de nada. Lo llaman *Erős Lélek* (el alma fuerte) porque, según los criterios bien establecidos de la plaza Mauricio, Janika es tan bueno como Gandhi.

Le dan miedo los coches, la electricidad y las arañas. A veces lleva una túnica larga.

–Es más práctico –explica– para caminar, caerse y mear. En ese orden.

Tiene un cuerpo torturado y débil; Janika Rascz está casi descarnado, como un verdadero santo.

Mi príncipe Mishkin se pasa los días junto a la estación Budapest-Keleti; lo atrae cual polilla la luz del centro. Aunque se mantiene en movimiento perpetuo, como si tuviese un pájaro en lugar de corazón, Janika Rascz no ha viajado nunca. Ha desperdiciado sus mejores años entre la plaza Mauricio y las diversas estaciones de Budapest, entre el delirio dulce y sus dos ataques de epilepsia. En una constante pesadez, entre sueño y realidad.

Durante su estancia en el hospital le llevamos, a pesar de las protestas de las enfermeras, cigarrillos, vodka helado y crucigramas.

–Entre la vitamina C, la de los limones, y la vitamina T, la del tabaco, he optado por fumar –bromea Janika–. Aquí en el hospital es más fácil improvisar un cenicero que una papelera para echar las cáscaras.

Su entierro en el cementerio municipal de Budapest es una gran fiesta. Organizamos una pequeña ceremonia que puede parecerse a una misa solemne, un réquiem de pobres. El cura, mal pagado y nada seguro de la verdadera religión del difunto, ejecuta su trabajo con rapidez.

–Amén –dice antes de marcharse sin mirar atrás.

Una orquesta morena estaba esperando esa palabra para sacar los instrumentos de cuerda.

32

Egle Vasiliauskas es para empezar rubia, para seguir lituana y para terminar estudiante de cuarto año de Literatura Francesa. Cruza Europa vestida como una joven de muy buena familia, con sus calcetines cortos, sus camisas bien planchadas y sus maletas cuadradas y limpias. Nos conocemos en el Ana Café.

—¿Es usted francés? —me pregunta.

Estoy leyendo *Le Monde* sentado ante mi café.

—A veces, ¿y usted?

Ella es especialista en las dos Marguerites, Duras y Yourcenar, y en Simone de Beauvoir.

—Pues yo —respondo— soy «perequionista». Especialista en Georges Perec.

—«Perequionista» no significa nada.

—Vale —replico—, pues entonces soy «camusionista».

—¡Cómo se puede ser tan poco serio y pretender ser escritor! —suspira ella.

–Por eso; no hace falta estar triste para ser serio.

Se queda en Budapest una semana y le propongo servirle de guía. Evitando con todo cuidado Moricz *Tér*.

Brillo en todo mi esplendor. Cuento historias, verdaderas y falsas. El arquitecto que se suicidó al descubrir que los leones delante del puente de las Cadenas no tienen lengua, la masacre nazi de judíos en el mismo puente en los años cuarenta. Le canto Brassens, *gare au goriiuille*, y Egle se ríe, mostrándome dos graciosos hoyuelos en las mejillas. Le ofrezco hojas de ginkgo biloba en la isla Margarita, la invito a helados italianos y a buñuelos de nata, le descifro las líneas del amor y de la vida en la minúscula palma de su mano. Por la noche, con el primer frescor que viene del Danubio, le presto mi chaqueta, parece un Charlot rubio, con el cuerpo sumergido en el cuero desgastado…

Le enseño la sinagoga y le digo: «Tony Curtis, el actor, es judío de Budapest». Ante una librería: «Sándor Petőfi fue el primer hombre en ir a la Luna». Cegado por su rubio: «No es normal, Egle, eres demasiado escandinava».

Mido la profundidad de sus ojos y la comparo con el verde de la colina. Según camina le miro las piernas y esos enternecedores calcetines cortos blancos de niña que ha crecido de repente. Siento su perfume fresco, siento su hermosa presencia: la piel que apenas empieza a broncearse, el rostro esculpido por los vientos bálticos y los pechos, dos cachorros que se mueven sin parar bajo la camisa. La espalda y las caderas delatan sin duda su juventud, y el relojito ruso de cifras romanas mide otro tiempo, con un desfase incomprensible para mí.

–Es muy fácil –dice Egle–; miras mi reloj y luego le preguntas la hora al primero que pase.

Vamos a ver el busto de Franz Liszt, el castillo de Buda y el museo Vasarely. En el New York Café insisto para que pruebe al menos un sorbo del famoso *zwack* húngaro.

–¡Uf! –exclama–. Está amargo, parece un medicamento.

También vamos a Szoborpark, donde las nuevas autoridades han reunido todos los monumentos del difunto comunismo. Al comprar los billetes de entrada en una máquina puedes oír algunos compases de *La Internacional.*

–Agrupémonos todos / en la lucha final. / El género humano / es la internacional.

–Pobre Lenin –dice ella–; nadie se acuerda ya de limpiarle las cacas de pájaro de la cara.

Es inútil, Egle es demasiado joven para acordarse del telón de acero.

Observa con tristeza las huellas de balas y de la revolución truncada de 1956 en el bulevar Andrássy; mira también las estrellas sujetas al cielo mientras me coge la mano en el paseo que bordea el Danubio.

–Como no se puede contar el número de estrellas del universo, porque son demasiadas –le digo–, lo que se puede hacer es contar la mitad y luego multiplicarla por dos, ¿no?

–Estás loco –me dice la última noche ante su albergue juvenil.

Como en un ritual, le beso la frente, los dedos de la mano y la punta de la nariz. Nada más. Ni el higo pequeño de la boca, ni el cuello que sobresale de la camisa, menos aún el tambor de su vientre o el pequeño caracol de la oreja.

No puedo. Se parece demasiado a mi hermana pequeña.

Egle Vasiliauskas coge la línea regular de autobús Eurolines Budapest-París y sale justo a tiempo de mi vida. Antes de que el amor y otras peripecias invadan nuestra historia sin historias. Tras sentarse junto a la ventana, me envía un beso volador y antes de desaparecer para siempre hace una mueca y me saca la lengua.

Me quedo un largo momento en la dársena.

Es el último crepúsculo del largo verano de 1998. El día casi ha muerto, los plátanos junto al aparcamiento van cerrando las hojas. Otra estación y otra luz, más oscura, se abaten perezosamente cual felino sobre la dársena de la estación de autobús de Budapest.

Egle Vasiliauskas, mi hermana pequeña báltica, se ha marchado.

Me quito las gafas de sol y entro sin ceremonia en septiembre.

33

La estación Milano Centrale está más desierta que un cementerio. Una lluvia pertinaz y glacial riega copiosamente la ciudad y a sus habitantes, justos y pecadores, trenes y coches. Ya no sé si estoy al principio o al final de mi viaje, qué panel mirar, *Partenza* –«salidas»–, o el otro, más pequeño, *Arrivo*. Estoy cansado, resfriado y mojado, y espero a Barbara.

Aparece por el otro lado del andén. Una mancha azul y negra, luego una figurita y, por fin, Barbara. Lleva una chaqueta vaquera, un vestido largo negro y sandalias de verano. No tiene paraguas, pero no está mojada. Su largo cabello de reflejos azul metálico es como un marco para su rostro de estilo siciliano: grandes ojos color ébano, nariz mediterránea y boca de cereza aplastada, tan roja como una herida.

–*Ciao* –me dice.

Soy incapaz de pronunciar ni una sola palabra. Durante el largo viaje he preparado, anotado y seleccionado mis frases por géneros (divertidas, despreocupadas y románticas). He consultado a Kerouac (*En el camino*) y a Lamartine (*Meditaciones poéticas*). Me he reproducido en la cabeza *Casablanca* y escuchado la voz dulce, de chocolate fundido, de Leonard Cohen en los cascos de mi *walkman* para encontrar la frase primera, la frase correcta de verdad. Y cuando estoy ante ella me quedo más mudo que un pescado.

Así que yo también digo *ciao*, cojo la bolsa y bajamos a las entrañas del metro milanés.

Barbara me explica, aunque yo no lo comprendo, el funcionamiento de la gran casa en un barrio periférico de Milán. Tiene su habitación y su escritorio, lo demás (el cuarto de baño, los aseos y la cocina) lo comparte con un hombre misterioso. De vez en cuando ella le manda un correo electrónico y se ríe con las respuestas de él. Yo no lo veo nunca. Oigo sus pasos fantasmas, la cisterna o el ruido de los platos en la cocina. Lo oigo con frecuencia hablando muy fuerte por teléfono; a veces quien está al otro lado del hilo es su *mamma*, más raramente una tal Elisabetta. Lleno de alegría también oigo cómo cierra la puerta al salir. Pero no me lo encuentro nunca. No quiero conocerlo y ella tampoco insiste demasiado. Sólo me ha explicado que es periodista *freelance* de izquierdas y que se llama Carlo.

A veces Barbara sale a la cocina y oigo sus conversaciones. No entiendo nada, pero siento una complicidad, la ligereza de tono que se da entre las personas que se conocen íntimamente. Tengo la impresión de que Carlo es gracioso porque durante las conversaciones Barbara se ríe mucho. Cuando vuelve a la habitación está más tranquila y silenciosa.

Tiene el cuerpo tocado por un fuego sagrado, un *swing* insólito que convierte sus pasos en una cantinela obscena, una cadencia *jazzy* e irregular. Barbara habla poco, sus ojos esconden una tristeza fría y tiene un rostro duro y anguloso, como tallado en piedra. La tercera década le ha depositado suavemente una fina tela de arrugas alrededor de la boca. Tiene el cuarto lleno de bolas de nieve. Hay de todos los tipos: ciudades (Nápoles, Roma, París sobre un manto blanco), chalés anónimos austriacos o suizos, minúsculos Papá Noel no más grandes que una cereza púrpura.

Es guapa. Su perfil recuerda a un pájaro salvaje, un hermoso águila real de mirada empañada por un duelo, que me parece fresco y noble. Lo sé: el corazón de Barbara es versátil, hace daño a sus hombres de manera natural, sin maldad, como una Anaïs Nin que se levanta cada mañana en camas distintas.

Barbara bebe lambrusco, y yo, como buen franchute, pago un ojo de la cara por mis botellas de burdeos. Es cariñosa y suave como un *gatto nero*, con un cuerpo tenso y tierno a la vez, la piel mate y una cobra real tatuada en el hombro izquierdo.

–No es nada –dice ella–, una chorrada de juventud.

Posee unas manos tan minúsculas que, en la oscuridad, apenas distingo sus dedos. Me prepara cafés *ristretto*, tiramisús, pizzas a la napolitana y pastelitos secos. Ha hecho un *collage* como fondo de pantalla del ordenador: nuestras caras, la suya como salida del pincel del maestro Modigliani y la mía, que parece la de un bovino balcánico. Acostumbra a pasearse desnuda, vestida sólo con su larga cabellera negra. Su temperamento explosivo es resultado de su sangre mezclada. En ella saboreo todos los matices del sur, Italia, probablemente los gitanos de España; todos los sabores, la corteza dulce y amarga del limón, higos y aceitunas. En su sudor se esconde un eco lejano de un producto farmacéutico hipnótico, una droga legal. Las gotitas de Lexomil que toma varias veces al día, supongo. Después parece una muñeca de tela, con las articulaciones blandas y la voz ronca.

Nunca he visto a una mujer que lleve tan bien el encaje. Ni el *piercing*, una gota de plata en el ombligo que brilla como una estrella en su vientre musculoso. Nunca he sentido el mismo terciopelo caliente en el torso cuando me besa y murmura palabras dulces y obscenas en su lengua materna. Posee un cuerpo maduro. Está en la apoteosis de su feminidad, es un fruto que ha madurado largamente, a su ritmo y a la sombra.

Una vez, dormido, sentí su manita en el corazón.

No comprendo su manera de ser, ni, sobre todo, su manera de estar conmigo. Como macho que se precie, reclamo exclusividad y se me escapa constantemente.

Al igual que yo, Barbara busca el reposo y la paz. Nuestros dos cuerpos en caída libre mantienen un equilibrio perfecto y su amor y su atracción por los Balcanes son tan sorprendentes como fuertes. Hasta el punto de que habla muy bien serbocroata.

Yo abandono mi lengua materna y ella quiere conocerlo todo: los verbos y las conjugaciones, las expresiones y la diferencia entre la lengua serbia y la croata. Le digo:

–No merece la pena, es una lengua dura, complicada e inútil.

Barbara no me hace caso, quiere saber si pronuncia bien las *č, ž, ć*, quiere mirar con lupa la palatalización, las conjugaciones, la acentuación, «quiero pasearme sin esfuerzo», dice, «entre el cirílico y el alfabeto latino, entre Belgrado y el mar Adriático»…

Y sin embargo, día tras día, se aleja de mí. Atravesamos largos momentos de silencio. Y de ausencia. Empiezo a salir solo. Cojo el tranvía y voy a ver el Duomo, la Scala o los canales de Naviglio, un barrio joven y bohemio. A falta de algo mejor, anoto los nombres: Naviglio Grande, Naviglio Pavese, Naviglio Martesana, Naviglio di Paderno, Naviglio di Bereguardo. El agua estancada evoca en mí una tumba en la que se amontonan los últimos días de verano, ya cortos, ya muertos. A falta de algo mejor, dibujo su cara en mi cuaderno. Es cubismo, sus rasgos se han vuelto tan angulosos y duros que ya no los acaricio siquiera. Me da miedo cortarme la palma de la mano.

Nuestro amor cayó antes que las hojas de los plátanos de su calle. Antes de que aprendiese a decir correctamente jueves en serbocroata (*četvrtak*). Antes de que yo aprendiese a leer las señales en su rostro. Nuestro amor se detuvo en un solo acto, sin ceremonia, como una evidencia.

Preparo mis cosas y las coloco al pie de la mesita. Fumo. En algún lugar lejano, ronca como la tos de un enfermo, la ciudad tiembla bajo los mordiscos de un viento del norte. Barbara se levanta y se acerca a la ventana.

–Mira –dice–, está lloviendo.

Aplasto el cigarrillo.

–Entonces, ¿largo?

–Largo –dice ella.

Fumamos.

–Oye, Barbara, me duele el orgullo y la pena me vuelve loco, si sueñas con quien hay que olvidar pero no lo consigues, si los perros de noche son pequeños Jesucristos, si Kerouac, Ginsberg y Modigliani *sono morti*, si los soldados siguen siendo los soldados, si en la puerta de Notre-Dame de París falta un ángel...

–Para –dice ella–. ¡Es una estupidez, no tiene sentido!

–Oye, Barbara –sigo divagando sin cesar–, si el tango es un baile y el blues un borracho, si Dios es una Gran Orquesta, si cada río puede convertirse en el Ganges, si se sabe: no hay una sola imagen. No hay ni una sola palabra soberbia, a no ser, quizá, «testigo», que no sea una abstracción. Si nos separamos, si ya no quedan puentes, si siguen existiendo las paredes, el laberinto también, si las palabras se han vuelto pesadas como el acero…

–Para –repite ella, un poco más tranquila.

–Si nuestra buena, nuestra hermosa estrella ya ha caído –continúo–, y si mi mujer y mi tierra ya no existen, y si yo me voy y tú te quedas, ¿se puede, dime, se permite, dime, que de toda esta frágil tela de araña se teja al menos un poema?

Se enciende un nuevo cigarrillo y deja el mechero en la mesa. Lo mira, fría y ausente.

Su equipo de música parpadea con luz azul.

De lejos, del fondo mismo de una noche americana, Thelonious Monk, el faraón del jazz, toca *Don't Explain*.

–Estoy pensando –dice ella–, estoy pensando en Dean Moriarty.

34

Mi regreso a Estrasburgo ocurre en tres tiempos: Venecia, Praga y París. En los trenes y autobuses me leo mi Biblia protestante, *Confesiones de una máscara* de Mishima, *Rayuela* de Cortázar y tomo notas. Me da la impresión de que mi talento de escritor disminuye con el tiempo. De que el trabajo literario es primero trabajo y después literario.

Claro, me digo, la noche está destinada al sueño, el día al descanso y el burro al trabajo.

Quiero mantener la libertad y la ligereza de mi alma de poeta. Por eso ya no escribo. Salvo pequeñas notas en las que explico por qué no escribo.

No voy muy limpio, me lavo ocasional y rápidamente. Llevo una barba larga y el pelo recogido en coleta. Mi sudor es mi escudo, poca gente se atreve a sentarse a mi lado en los trenes. Sin embargo, no soy ni *beatnik* ni mochilero. Aún menos vagabundo. Soy una mancha molesta y sucia, una bofetada en el rostro de la humanidad, soy un inmigrante.

VENECIA

A lo largo de mi regreso me acompañan todo tipo de lluvias: llovizna, lluvia fina, lluvia continua, chubasco; hasta tal punto que me siento una especie de profeta del tiempo. Mi llegada a algún lugar desencadena automáticamente un diluvio casi bíblico.

Así pues, no es sorprendente que acabe varios días en Venecia.

Descubro una ciudad afligida. Huele a perro húmedo y a agua estancada. Sin embargo, la plaza de San Marcos parece un bello cuadro del *Quattrocento*. Hay una neblina fina, un *sfumato* sepia fijado a la basílica como un decorado de teatro, el mar Adriático, sucio y gelatinoso, y las góndolas con sus cantinelas y sus incesantes idas y venidas con racimos vivos y maravillados de turistas.

Estoy seguro de sufrir tuberculosis. De un nuevo tipo, sin tos ni fiebre. A veces la llamo «TBC metafísica», a veces «TBC del siglo».

Más que nunca me hallo perdido en una Europa ciega, indiferente al destino de los nuevos apátridas. Mis sueños de capitalismo y de mundo libre, de viajes y de ciudades de las artes y las letras se han convertido en pañuelos de papel usados, útiles durante un breve instante, pero molestos después de utilizarlos. Nada más que cenizas. He cambiado el fin del comunismo por el crepúsculo del capitalismo.

Como estamos en temporada baja encuentro una habitación barata, una *camera obscura*. Un agujero húmedo con una cama para liliputienses y una mesa que parece un insecto de largas patas frágiles. La propietaria es una viuda obesa y enferma con el rostro mordido mil veces por la tristeza. Sus pequeñas cicatrices, restos de una violenta varicela, sus ojos desvaídos y vacíos te hacen olvidar mirar el resto de su cuerpo, macizo y sin forma. Duermo, me como un paquete de patatas o una lata de atún y salgo a pasear. No quiero explorar la ciudad. Estoy gruñón y enfadado. Durante tres días cojo siempre el mismo camino que lleva hacia la plaza de San Marcos. No gasto nada, apenas me queda dinero. Me siento etéreo y enterrado a la vez.

Indiferente, dejo Venecia con un *ciao bella* y una gran sonrisa.

La primera desde Milán.

Cuando llego a Praga me siento un poco mejor. Sufro probablemente de una locura lúcida: puedo caminar, comer y leer de manera normal, pero en cuanto se trata de un ser humano, me convierto en fortaleza.

Sin embargo, el filtro de mi cansancio comienza a ser menos opaco. Nace un sentimiento agradable en los momentos más inesperados: entre dos pasos al andar, en los primeros instantes al despertar, en la duda tan agradable de estar en la linde de dos luces. Por una parte, mi sueño, un salto en la oscuridad profunda y sin fin, y por otro, la luz pálida y tierna que se pega a los cristales. No sé por qué ni cómo, pero me siento bien. A mi alrededor, el mundo ya no está en blanco y negro. A pesar de la lluvia, comienzan a llegar los colores primarios (el magenta de un anuncio, el cian de un paraguas), uno tras otro, hasta mis ojos. La ciudad de Praga es ocre. También hay un eco dorado en el cielo. Las nubes parecen ropa limpia, grandes camisas blancas sujetas a los campanarios de las iglesias. Por primera vez desde hace mucho estoy contento con mi destino. Hasta el punto de que me paso por un barbero. El viejo señor es una copia exacta del buen soldado Švejk: la narizota del buen carnívoro vividor, el rostro brillante y perfectamente redondo, el ojo vivaz. La camisa blanca apenas le cubre la barriga de bebedor de cerveza y las manos tiernas huelen a jabón y a una misteriosa loción para después del afeitado. La pequeña barbería se halla encajada entre una carnicería y un bar, en pleno centro del casco antiguo. Una habitación demasiado caldeada, con dos sillas para los clientes, un diván oriental para esperar con comodidad, y un espejo enorme en la pared, con unas postales viejas por único decorado. Los montes Tatras polacos, blancos como la nieve, la ciudad de Riga que se refleja alegremente en el mar Báltico y Bratislava, la capital gemela de Praga. Para los cuidados de después del afeitado, el buen barbero Švejk usa generosamente gran cantidad de productos históricos. Salido de una época en la que los barberos eran un poco médicos también, Pavel Kohout, tal es su nombre, conoce muchos trucos. Su pequeña barbería mantiene un encanto antiguo. Tengo la impresión de que su interior se detuvo en los años sesenta… Como los chistes que me cuenta.

–¿Cuáles son las cuatro peores catástrofes de la agricultura rusa? –me pregunta en nuestras pausas para tomar café–. ¡El verano, el otoño, el inverno y la primavera!

–¿Cuál es la diferencia entre un rublo y un dólar? Pues muy fácil: un dólar.

Nuestro querido barbero Pavel Kohout es un hombre sabio que me reconcilia con la humanidad. Que cambia el cuadro de mi vida, difumina los soldados mutilados de Otto Dix y coloca los colores cálidos del impresionismo. Con el paso del tiempo se convierte en el padre que llevo años sin ver. Tan bello y sólido como el puente de Carlos, como la famosa cervecería Slavia o los adoquines de esta ciudad eslava y judía que se despierta dulcemente de su largo sueño comunista.

A veces me lo encuentro en la plaza Wenceslao. Lleva siempre un abrigo grueso, una camisa blanca, una corbata negra y un *Zeitung* en el bolsillo. Pese a los ojos marrones tiene la mirada clara, casi transparente, y sobre los hombros de intelectual, algo encorvados, lleva cada vez un animal diferente. A veces un mono, a veces un pájaro, pero lo más frecuente es que vea a Stefan Zweig con una serpiente enrollada alrededor del cuello. Al principio me sorprendo. Nadie le presta atención. Luego comprendo que me encuentro en otro espacio-tiempo. En un juego de espejos, un sueño que no es mío. Stefan Zweig posee el rostro y el gesto de un perfecto desconocido. No es un espectro, ocupa el lugar y el volumen de un ser vivo. Incluso veo que le sale de la boca una nubecita de vapor. A una distancia respetable observo la ropa que lleva, de otra época, los zapatos desgastados de gran caminante y la espalda encorvada. El hombre va pensativo, camina tranquilamente con la seguridad de los que se mueven por lugares conocidos, cruzados en multitud de ocasiones. A veces se detiene ante algo visible sólo para él, a veces conversa con alguien y muy a menudo lo veo cogiéndole la mano a su mujer, Lotte. A su alrededor imagino otro decorado. La dulzura maravillosa de Río de Janeiro, el Cristo Redentor y sus brazos extendidos por encima de la bahía imaginada por otras divinidades, mucho más antiguas que él. Adivino los frutos –*acerola*, *guaraná*, *maracujá*– y el azúcar maduro y saturado, la lengua portuguesa, elástica y ágil como una samba, que se pega a los dientes y transforma la *tristeza* en melancolía. No busco una explicación razonable para sus apariciones. Sé que el hombre despojado de su tierra no puede aspirar al cielo. Sé por propia experiencia que la muerte es la descomposición del cuerpo y no del alma, que la arcilla extranjera no puede de ninguna manera convertirse en cementerio.

El último domingo de mi estancia en Praga doy una vuelta de honor por la plaza Wenceslao. Stefan Zweig no está allí. Me detengo en algunos bares, en un parque... Miro ante la placa conmemorativa de Jan Palach: ni rastro del señor Zweig.

Quién sabe, me digo, triste, quizá el agujero espacio-temporal también está cerrado los domingos.

PARÍS

Durante mi escala en París voy a ver a mi editor. Conversamos amistosamente sobre mi nuevo libro. Luego de mi anticipo. Yo pido seis mil francos y él me propone mil. Al final nos parece que tres mil francos es una suma perfectamente adecuada para ese tipo de libro.

—Estamos en crisis —dice él—. Y, además, tampoco es que escribas muchos *best sellers*.

—Hay muchas cosas más importantes que el dinero en esta vida —replico yo—, pero hace falta muchísimo dinero para conseguirlas.

Tiene la mirada vacía.

—Marx —le digo—, Groucho Marx.

—¡Anda! —exclama—. Groucho y no Karl.

—No —le digo con una sonrisa—, nunca Karl.

Entretanto mi amiga antiglobalización se ha mudado. Por suerte, no ha cambiado de número de teléfono. Llego a su casa con una botella de vino rosado marroquí. Su nuevo apartamento me parece aún más recargado que el anterior. Algunos elefantes de resina nuevos, una rueda de plegaria tibetana y un buda joven, con pinta de eunuco beatífico, presidiendo bajo un póster de Hanuman, el dios mono.

Está tan delgada que resulta casi inmaterial. Lleva una túnica, una chilaba con un detalle excéntrico: va abierta por toda la pierna. A cada uno de sus pasos le veo la piel blanca salpicada de lunarcitos. En sus brazos estilizados tintinean pulseras africanas, brasileñas, marroquíes... Se ha levantado la pesada cabellera naranja en un moño que descubre su cuello elegante y su bonito rostro de muñequita de porcelana. Sólo tiene unas arruguitas de más y unas ojeras color ciruela.

Pero sí que hay una novedad en el decorado indio. Una niña de tres años viva, bonita y negra como un diablillo.

–Océane –dice–. Se llama Océane.

–Hola, Océane –digo.

La niñita deja de jugar y me observa durante un largo momento. Luego me obsequia con una mueca y una lengüita rosa.

De la cocina sale un gran perro, sacado directamente de la mitología griega. Tiene la cabeza tan grande como un tambor ritual tibetano y su boca babosa deja ver largos dientes amarillentos.

–Bernard –dice.

–¿San bernardo?

–Sí, es un san bernardo que se llama Bernard. Qué gracioso, ¿verdad?

El animal se acerca a mí y me pone la cabeza sobre las rodillas. Tiene unas mandíbulas capaces de machacar acero. Respira con pesadez. Sus ojos me odian.

Nosotros, los humanos, cenamos tres rábanos blancos cocidos al vapor, zanahorias baby y una especie de arroz salvaje tan amargo y duro como granos de café. Bernard, por su parte, engulle una enorme ración de carne. Después, todo contento, se planta en el sofá.

–*Misión imposible* –dice ella–. Bernard ve todas las noches un episodio de su serie favorita antes de irse a dormir.

Se agacha hacia el vídeo mostrándome la hermosa pera de su trasero.

Estoy de pie con un vaso de vino en la mano. Me pregunto dónde estará la cama de Bernard.

Esta vez el saco de dormir es naranja fosforito. Huele mucho a animal pero estoy tan cansado que de inmediato concilio un sueño sano y profundo.

Primero siento un aliento cargado luego una larga serpiente húmeda en la mejilla. Abro los ojos y veo un *grizzly* y su lengua, tan larga como un brazo. Me lame y ladra con una voz sorprendentemente alta. Ante mí se encuentra Bernard, cien kilos de pelos, patas y dientes. Y la lengua. Dejo escapar un grito tipo Johnny Weissmüller. Lo cual despierta a mi amiga. Viene disculpándose e intenta tirar del collar de Bernard. El perro no se mueve. Es como si quisiese mover un autobús. El único resultado es que sus ladridos se han convertido en gruñidos.

–Es que normalmente Bernard duerme en ese saco de dormir –dice–. Y, cómo te lo diría, estás en su sitio. No se va a mover, no sé qué hacer. Lo siento…

Miro el reloj digital. Marca las 3:15.

–Me tomo un café. Luego me voy tranquilamente a la estación. La estación del Este está lejos y, además, mi tren sale dentro de cinco horas escasamente.

Suelta el collar. Ahora tiene las ojeras negras, está cansada, la falta de sueño vuelve su rostro aún más macilento.

Su camisón es un kimono corto de seda salvaje roja.

En la espalda tiene un dragón bordado en azul.

Mientras ella va a la cocina, Bernard ya se ha echado sobre «su» saco de dormir. Se ha dormido y sueña, con una sonrisa de oreja a oreja, con un barrilito alrededor del cuello.

Mueve las patas; seguro que ya está corriendo por las montañas suizas.

35

Llego por fin a Estrasburgo el 11 de diciembre de 1999. Tras tantas andanzas tengo el cuerpo dolorido y la cara cubierta de varias capas de mugre y de un polvo singular cuyas partículas comprenden un poco de sol y mucha lluvia, varios gramos de Venecia y tres toneladas de soledad.

Dulce Francia, me digo, país querido de mi niñez…

Mi reencuentro con la ciudad es solemne. Visito las calles conocidas, la catedral de granito rosa y a algunos conocidos. Quizá uno o dos amigos, pero está por ver. Me da la impresión de que la policía tampoco tiene nada que decirme. Entonces me doy cuenta de que todo es como antes, que sólo hay unos cuantos perros con correa y de indigentes sin correa más en las aceras. Las mujeres siguen ahí, por supuesto, pero tomo una distancia de seguridad respecto a ellas. Tengo mucho tiempo libre, lo cual me coloca en una posición ideal para sentirme filósofo. Para ser sincero, estoy un poco ofendido: nadie ha advertido el hecho de que he dejado de escribir. Tampoco mucha gente se había dado cuenta de que había empezado a hacerlo, y una indiferencia tal por parte de mis lectores me resulta insoportable. Es evidente que mi texto *Cómo y por qué he dejado de escribir* merece unos cuantos capítulos más.

Para marcar mi tercer comienzo desde cero en poco tiempo me corto el pelo y me afeito la barba. Entonces me encuentro con mi verdadero rostro y lo lamento rápidamente. Como un tonto, he eliminado un cómodo airbag que me protegía del mundo. Antes era un barbudo, y ahora he vuelto a ser Velibor.

Si detrás de toda barba hubiese sabiduría, me digo, todas las cabras serían profetas.

También descubro que he adelgazado parcialmente. Tengo los brazos y las piernas esqueléticos mientras que la cara está más carnosa que nunca. Se me ha obsequiado *ad vitam aeternam* con una cabeza abollada y mal equilibrada. Además, mis ojeras superan el tamaño de una mano y la papada desafía las leyes de la gravedad. Normalmente, una masa tan grande y pesada debería caer, no quedarse pegada a mi cara. Pero lo que más me saca de quicio es la frente. Está tan arrugada que parece un pañuelo de papel usado.

Hasta los calvos, concluyo tristemente, pueden tener la frente baja.

Mi habitación, sita en la cuarta y última planta de un edificio de la plaza de Zúrich, bate todos los récords del minimalismo. Tiene justo el tamaño de la cama. Por suerte, la puerta se abre hacia el exterior, de otra manera no podría entrar. El angosto espacio está devorado por un armario de formica, una cama, dos sillas y una mesa de trabajo. Así pues, la mayor parte del tiempo la paso tumbado sobre las grandes flores amarillas del edredón reflexionando sobre mi destino.

Mis pensamientos transitan por la frontera de dos mundos. Uno, el que, a falta de algo mejor llamamos mundo real, y otro, poblado por mis recuerdos.

Sólo pasamos una parte, pienso, sólo una parte de nuestra vida real en el tiempo presente. Por lo demás estamos en otro lado, en las densas tinieblas de nuestra memoria.

A veces salgo, en medio de los días cortos y grises, a visitar algunas librerías o a beber un vaso de vino blanco. Descubro una Navidad tibia, sin nieve y, probablemente, sin Jesús, aunque nos dispongamos a celebrar su 1999º aniversario. En mis paseos estrasburgueses me cruzo con turistas borrachos de vino caliente barato, varias gacelas africanas rodeadas por el cielo azul de sus pañuelos, familias, parejas y otros hombres solitarios… Veo los escaparates decorados con estrellas del norte, un gran abeto en la plaza Kléber, las farolas deplorables que imitan sin éxito la magnífica geometría de los copos de nieve. Un viento húmedo y tibio me azota el rostro sin fuerza. Como si fuese un aliento ya muerto que busca una montaña para esconderse y morir.

Cuanto más se acerca el 25 de diciembre más se hace visible y ofensiva la tristeza de este mundo ruin.

Así que prefiero quedarme en la cama.

Desde por la mañana oigo los ruidos del edificio. Los pasos, cortos y sonoros de las mujeres, pesados y bruscos de los hombres, los portazos, las voces que se fraccionan y multiplican en el eco de las paredes.

Con frecuencia se me ocurre una idea genial para mi novela, pero ya no dispongo de energía ni de ganas de escribir. Estoy deshidratado, hambriento y sucio. Me examino el cuerpo y la respiración. Me observo las manos y los dedos de los pies. Me miro la barba de tres, cinco, diez días, en la ventana y hago la suma de mis noches vacías.

Consulto el *Diario* de Gombrowicz, las bellas y melancólicas páginas de Thomas Mann. También leo *La crucifixión rosada*, la prosa barroca y obscena de Henry Miller.

Estoy demasiado gordo para sentirme Jesús, soy demasiado blanco para ser negro y tengo demasiado acento y demasiada guerra para considerarme verdaderamente europeo.

Disfruto de una salud demasiado buena para estar enfermo de verdad.

La noche de San Silvestre la paso fuera. Está todo el mundo histérico, y yo soy patético. Camino con mala cadencia en el paso, soy una marioneta, una bola de billar a la que ha golpeado un palo gigantesco. Probablemente estoy alienado, pero no hay nadie que me lo diga. Tampoco da para hacer un *Elogio de la locura*. Mi locura es seca como una constatación, es corriente, prosaica. Una simple suma de mis miedos y mis soledades. Punto.

Hago una parada en una tienda turca y me compro una botellita de ron de cocinar.

Sorbo el azúcar de mi futura resaca y camino.

Algunas de las caras con las que me cruzo parecen máscaras, otras llevan la embriaguez con una falta de gracia lastimosa. Tengo la impresión de que alguien me observa desde arriba. Espero una señal, una luz, un trueno, cualquier cosa, pero el Viejo Barbudo se limita a observarme sin mirar. Especulo: ¿por qué el Año Nuevo cae siempre en invierno y a finales de mes? Y: ¿por qué Navidad cae siempre en la misma fecha?

Cuando se me termina la petaca me acerco a un grupo de jóvenes sentados en un banco. Hay con ellos una chica tan rubia como la infancia.

–Egle –digo, un poco borracho.

–Corinne –me responde la rubia.

Parece una monja, tan bien abrigada con su largo abrigo negro. Lleva unos guantes de un punto delicioso: cada dedo de un color vivo, como la bandera de una dictadura africana. El frío y el vino le adornan graciosamente las mejillas. Está tranquila. Se ve que participa con poco entusiasmo de la fiesta, está ahí porque es la noche de San Silvestre, porque todo el mundo habla del fin del milenio…

Por lo demás, la veo bien a gusto en su pueblo alsaciano.

–¿Estás solo? –pregunta.

–Esto es una rubia –digo para hacerme el interesante– que acaba de atropellar a un pollo.[2] Se

---

[2] *Poulet* en francés, significa «pollo» y también designa a un agente de la policía secreta. (N. de la T.)

acerca a la granja más cercana y le dice al granjero: «Acabo de atropellar a un pollo, lo siento mucho, de verdad...». «Bueno», le dice el granjero, «no pasa nada, señora, cómaselo». «Vale, pero ¿qué hago con la moto?»

–Pues en realidad no tiene gracia –dice Corinne.

Regreso a mi habitación y me acuesto vestido. A mi alrededor hay una oscuridad absoluta. Algo que se acerca al vacío cósmico, a un estado en el que el cuerpo pierde el peso y el espíritu divaga entre el sueño y la realidad. No se oye más que el ruido pesado de mi respiración, que perturba la paz monástica de mi cuarto.

Cierra los ojos, me digo, y cuenta de diez a cero. Cuando llegues a cero abres los ojos. Si todo va bien, ya estarás en otro siglo.

Así pues, diez.

Conozco demasiadas ciudades. Conozco demasiado bien París, Praga y Milán, Sarajevo y Zagreb. He visto la tumba de Dante en Rávena, el puente Mirabeau de Celan, los bares parisinos donde Modigliani no dejaba de empinar el codo. Conozco demasiados metros, demasiados trenes y he surcado un número incalculable de estaciones a lo largo de mis caóticos desplazamientos. Soy el espectador privilegiado de un espectáculo tan feo y definitivo como el fin del mundo. He disparado mi AK-47, pero espero no haber matado. He sido dos veces soldado y una vez desertor. Ya no tengo país pero a veces pienso que tengo una patria.

Digo nueve.

En veinticinco años vi un solo muerto. Vi el cuerpo de mi abuela, una flor rota y colocada en un féretro minúsculo. Luego, en espacio de cinco meses, vi decenas de muchachos marcharse a la oscuridad, vacas asesinadas por impactos de obús, pájaros que caían del cielo, quemados por la furia estúpida de los hombres. Vi heridas, vientres y pulmones perforados, brazos y piernas destrozados… Los rostros cerúleos y la anatomía de los músculos seccionados con precisión quirúrgica… Sentí mil veces los amargos sedimentos del polvo en los dedos y un pequeño moratón, un insoportable cardenal provocado por la culata del AK-47 en el hombro.

Ocho, digo.

Demasiados manuscritos, mucho, demasiado Primo Levi, Varlam Shalámov. Suspendido en el polvo de Bulgákov, perdido y celoso en la música del gran Fiódor Mijailovich, desesperado en el laberinto de Borges. Intranquilo ante el ángel caído Oscar Wilde en Père-Lachaise, pensativo ante la mamá Virgen con su hijo en brazos en el frío oscuro de la iglesia de Gesù Nuovo, en Nápoles.

Enamorado y rencoroso. Soy el hombre de lluvia y de hielo. Antes estaba convencido de ser poeta. Luego, poco después, llegó la guerra y me transformó para siempre. Así me convertí en soldado, prisionero y apátrida.

Siete.

De vez en cuando me siento tan alto que mis pies apenas rozan la tierra. En ocasiones me comporto como un meteco blanco que sueña la vida de otro hombre. Desde hace siete años soy filósofo, si es que se puede llamar filosofía a mis largas reflexiones sobre la vida y la muerte, sobre la justicia y la injusticia.

Digo seis.

Demasiado asfalto y qué poca hierba y árboles a mi alrededor. Demasiados veranos en Milán mientras la vainilla azucarada se deshace y se desliza como una serpiente de diabetes por los dedos de Barbara. Demasiados perros policías y aduaneros. Demasiado jazz en Ámsterdam. El agua estancada de los canales, que acaricia, como el Ganges, los pies descalzos de los vagabundos y los borrachos. Demasiada lluvia en París, demasiado viento en Budapest. Demasiado sol en la Toscana y demasiadas montañas en Austria. Demasiada cerveza mala que me transforma en yeti, en un oso blanco que lo ve todo negro. Demasiados otoños, feos y fríos, he perdido vagando hacia mi país, que sólo existe en el espejo deformado de mis recuerdos. Demasiados caminos que no llevan a ninguna parte, demasiados paneles de señalización falsos. Muchos ríos y fronteras separándome del mar Adriático; demasiados. A veces tengo la impresión de que nací en la carretera y de que desde entonces no he dejado de viajar, acompañado por mis hermanos eslavos. De que bailamos, condenados y locos, en la linde que separa el este y el oeste, llevando como una cruz nuestras guerras santas, toda la miseria del mundo y nuestros nombres impronunciables.

Digo cinco.

Nuestros árboles genealógicos llevan uniformes. Nuestros abuelos, austrohúngaros, camisas marrones o rojas los de la Segunda Guerra, verde oliva en esta última guerra. Fabricamos la Historia, los mitos, la literatura patriótica, los soldados y los cadáveres. En ese orden.

Cuatro, murmuro.

Lo he visto todo. He visto las islas en el crepúsculo salado del Atlántico, el reflejo del sol en las aguas de los pólder del Benelux. He visto las piedras santas de Bretaña, la tierra de los volcanes en el centro de Francia, que guarda recuerdos íntimos del jurásico. He visto el *spleen* mismo en una plaza de Roma, estábamos a finales de agosto, dos semanas después de la Ascensión. Los vietnamitas católicos lloraban ante el Hijo crucificado y unos pasos por detrás un apóstol de Nápoles cantaba salmos. He asimilado todos los matices del pelo de Barbara: negro metálico, azul acero o ébano mojado cuando salía del cuarto de baño. He captado todos los sabores y colores disponibles de sus labios: castaña confitada, vainilla y arándano machacado. He facturado mis miedos con la precisión de un notario ante todas las bocas de metro. He comprobado que las noches y los días son interminables y que en consecuencia los años pasan rápido.

Tres.

He ordenado y numerado todos mis recuerdos. Luego los he tirado para salir hacia el azul tormentoso de mi nueva vida. Me he quedado demasiado tiempo en los pasillos y ante las paredes. He leído demasiados mensajes de amor, demasiada furia, demasiada esperanza, demasiada política, demasiados eslóganes. Sólo retengo una imagen. Mi padre, mi hermano, mi hermana y yo, ante la tumba de la Madre. Los tres mal afeitados y pese a todo con camisa negra. Y, sin embargo, sabemos. Sabemos los tres que el blanco.

Que el blanco es el verdadero color de la muerte.

Dos.

Nadie nos moldeará de nuevo a partir de tierra y arcilla, nadie nos insuflará la palabra en el polvo. Nadie. Alabado seas, Nadie. Para complacerte queremos florecer. En tu contra. Una Nada, eso es lo que fuimos, somos y seremos, floreciente: la Rosa de la Nada, la Rosa de Nadie. Con el estilo, luminoso de alma, y el filamento de estambre, estragos en el cielo, la corona roja de la palabra purpúrea que cantábamos por encima, oh, por encima de la espina.[3]

Uno, digo sudando un sudor frío, uno.

Demasiadas maletas, demasiado frío, demasiado exilio para un solo hombre.

Entonces tomo aliento y digo cero.

Resuena mi voz hueca entre las paredes.

Cero, repito varias veces: cero, cero, cero…

Y no abro los ojos.

Douarnenez/La Roche-sur-Yon /
Marsella/ Brive-la-Gaillarde

---

[3] Paul Celan, *Salmos.*

Del mismo autor, *Los bosnios*

Los Balcanes, años 90... He aquí la estremecedora novela de una época terrible. He aquí un libro de relatos emocionante y lúcido sobre los muertos de aquella guerra: lápidas, casi, más que capítulos. He aquí, también, la autobiografía de su narrador, un joven escritor bosnio convertido en soldado en medio del Apocalipsis.

Los hombres y mujeres de cada bando, las palabras comunes (y las diferentes), las ciudades arrasadas... Y, escasos como diamantes, algunos pequeños gestos de bondad y ternura en medio de la barbarie. Son éstos, junto al bienvenido humor, los únicos momentos de «descanso» que tendrá el lector de esta obra maestra del dolor, de la vergüenza y de lo incomprensible, intensa y hermosamente desoladora como pocas.

«Durante uno de los bombardeos de Sarajevo, Huso, a quien la alerta sorprende en la calle, se apresura a refugiarse en la bodega del edificio en el que vive. En el patio, se encuentra a su vecino Haso balanceándose en un columpio para niños.

—¡Eh, Haso! —dice Huso, sin aliento—. Todo Sarajevo a punto de palmarla, y tú no encuentras nada mejor que hacer que columpiarte. Salva el pellejo mientras estés a tiempo...

—Si no me estoy columpiando —responde Haso—, ¿no ves que estoy fastidiando a un francotirador serbio?»